生活·认知·成长

青春励志故事

一只浪漫主义的鸟

▍想象卷▍

杨晓敏◎主编

地震出版社

图书在版编目（CIP）数据

一只浪漫主义的鸟：想象卷 / 杨晓敏主编 . —北京：地震出版社，2012.3
（生活·认知·成长青春励志故事）
ISBN 978-7-5028-4026-6

Ⅰ.①一…　Ⅱ.①杨…　Ⅲ.①短篇小说－小说集－中国－当代

Ⅳ.①I247.7

中国版本图书馆 CIP 数据核字（2012）第 029689 号

地震版　　XM2646

一只浪漫主义的鸟——想象卷

主　　编：杨晓敏

执行主编：马国兴　王彦艳

责任编辑：赵月华

责任校对：孔景宽　凌　樱

出版发行：地震出版社

北京民族学院南路9号　　　邮编：100081
发行部：68423031　68467993　传真：88421706
门市部：68467991　　　　　　传真：68467991
总编室：68462709　68721982　传真：68455221
E-mail：seis@ mailbox. rol. cn. net
http：// www. dzpress. com. cn

经销：全国各地新华书店

印刷：北京振兴源印务有限公司

版（印）次：2012 年 5 月第一版　2012 年 5 月第一次印刷
开本：710×1000　1/16
字数：207 千字
印张：15
书号：ISBN 978-7-5028-4026-6/I（4701）
定价：28.00 元

序

杨晓敏

好书是具有生命力的。一本好书，我们拿在手上，揣在兜里，或者放在枕边，会感觉到它和我们的心一起跳动。在日常的学习生活中，我们每天都在用最经济的时间、精力和财力，收获着超值的知识、学问和智慧，于是我们自己，就在一天天地充实厚重起来。

优秀的短篇小说，就是这样的好书。它是顺应现代人繁忙生活而发展成的一种篇幅短小的小说。跟一般小说一样重视场景、个人形象、人物心理、叙事节奏。优秀的作者可写出转折虽少却意境深远，或转折虽多却清新动人的作品。

现在，许多优秀的作者舒展超感的心灵触觉，用生花的妙笔，把小小说从文学神坛上牵引下来，在我们广大读者面前，展现出一幅幅五颜六色的生活画卷，或曲折离奇，或险象环生，或嬉笑怒骂，或幽默诙谐。于是，阅读一本小小说，就成了繁忙生活的轻松点缀，紧张学习的有效调剂，抹平了你我微皱的眉头，漾起了会心一笑的嘴角。

我们精心编选的这套"生活·认知·成长青春励志故事"小小说丛书，每一辑都包含了"悟性""创意""想象""品味""风尚""情愫"六卷，并围绕这六个主题，选取当代国内知名作家的精品力作，各自汇编成书，具有强劲的文学感染力。篇篇都耐人寻味，本本都精挑细选，既是青少年认识社会的窗口、丰富阅历的捷径，又堪称写作素材的宝典。作品遴选在注重情节奇巧跌宕，阅读效果峰回路转、柳暗花明的同时，注重价值取向，旨在引导青少年全面、客观地认识社会，开阔视野和胸怀，提高综合素质，进而确立正确的人生观、价值观。

在这套书里，我们推荐给青少年读者的是充满活力的大众文化形态的小小说佳品荟萃。所选择的作品，尽量体现质朴单纯，而质朴不是粗硬，单纯不是单薄；体现简洁明朗，而简洁不是简单，明朗不是直白。它们是理性思维与艺术趣味的有机融合，是人类智慧结晶的灵光闪烁，是春风化雨滋润心灵的真情倾诉，是鲜活知识枝头的摇曳多姿，是青少年读者嗅得着的缕缕墨香。

知识没有界线，可以人类共享，只要是具有优良质地的文化产品，都能互补、渗透、影响和给人以启迪。任何一粒精壮的知识种子，播撒在人们的心灵深处，都会开出艳丽的花朵，结成高尚的果实。

青年出版家尚振山先生以极大的热情，独到的眼光，精心策划了这一套"生活·认知·成长青春励志故事"丛书，我和同仁马国兴先生、王彦艳女士应邀参与编纂，当然也愿意大力推荐给广大青少年朋友们。

2012 年春

一只浪漫主义的鸟
contents 目录

水家乡

〇蔡　楠

鸬　鹚

　　我曾是一只野生的鸬鹚。我每年都从遥远的北方飞到遥远的南方去。白洋淀是我们候鸟的中转站。

　　可那年我被渔民陈瞎子的渔网逮住了。我就留在了白洋淀。陈瞎子当初是不瞎的，只是后来被我啄瞎了。那天，我飞过浩渺的水面，飞过远接百里的芦苇荡，来到了荷花淀。我看见了满淀的荷花艳丽无比，我看见了成群的鱼儿跳出水面闻香戏荷，我还看见了一群姑娘划着小船唱着渔歌采摘莲蓬。我落在一片硕大的荷叶上，将我鹰般的身体缩成了一只鸭的模样，我锐利的嘴被眼前的美景磨圆了。我忘记了自己是一个捕鱼高手。我想就是现在饿死，我也不愿破坏眼前的宁静啊。我呆了，我醉了。

　　不知过了多久，我的眼前刷地落下一道白光。荷叶倾倒，荷花飘零。我就被一张渔网罩住了。渔网慢慢收拢，提起后，透过缝隙，我看到了苇帽下一张黝黑年轻的脸，在船上，在阳光里得意地笑着，笑得眼睛都没了缝隙。我一下子就被激怒了。我缩成鸭一样的身体恢复了鹰的模样，铁青的羽毛闪着冷光，我磨圆的嘴重归锐利。等到那人撒网抓住我的双腿时，我奋力一扑，就啄住了他的左眼。我狠命地在缝隙中嵌入我钩状的嘴，一股鲜红顺着我的嘴汩汩而出……从此，陈大船就成了陈瞎子。

我还是成了陈瞎子的俘虏。我时刻准备迎接陈瞎子对我的报复。然而，陈瞎子眼伤痊愈以后，却给我带来了一只漂亮的母鸬鹚：它羽毛洁白，双目含春，翅膀缓缓扇动，犹如一团芦花飘落在了船上。我感受到了它强烈的召唤和无声的撞击。我在船头呐喊着，跳跃着，挣脱了捆我的绳索，一头扎进了汪洋恣肆的大淀。不一会儿，我叼上来一条欢蹦乱跳的红鲤。我把红鲤送到了白鸬的面前，我轻啄着它光滑柔顺的羽毛，急不可耐地说，白鸬，我不走了。

我就这样留了下来。陈瞎子成了我的主人。我开始接受他对我的驯化。不久，我和白鸬开始在白洋淀生儿育女了。白洋淀成了我的家乡。

鱼　鹰

几年以后，陈瞎子成了白洋淀有名的鹰王。我们一家十口都成了他的鱼鹰。做鱼鹰是一件辛苦的事情。我们经常是清早就随陈瞎子进淀，傍晚才上岸。清早和傍晚鱼多，捕上来很快能让鱼贩子在早市和晚市上卖掉。陈瞎子真是一个精明的渔人。他总是卖给人们新鲜的鱼。陈瞎子的精明还体现在对我们的使用上。他在我们的脖颈上套一个草环，然后"嘎嗨嗨，嘎嗨嗨"地唱着，用竹竿拍打着淀水赶我们下船。我们抓到大鱼，只能吞一半，留一半，叼上船，他就让我们全部吐出来，只让我们吃他准备好的小鱼、黄鳝和猪肠。

可我们还是乐此不疲。我和我的白鸬率领儿女们不停地游动在风景秀丽的白洋淀里。草青青淀水明，小船满载鸬鹚行。鸬鹚敛翼欲下水，只待渔翁口令声……我们在捕鱼生涯里练就了高超的本领。我们每只鸬鹚单独作战，每天能从淀里逮住二三斤重的鱼。碰到大鱼，我们就协同作战。记得那一次围攻荷花淀里的鱼王花头，我、白鸬和儿女们有的啄眼，有的叼尾，有的衔鳍，一起把花头弄上了船。陈瞎子逢人便讲，我这鹰王逮住了鱼王，×××，六十多斤呢！听到这话，看着陈瞎子独眼里抑制不住的光芒，我也用我的黑翅膀覆住白鸬的白翅膀，在儿女们的欢呼声里柔情地啄着它的脖颈。做鱼鹰真是一件幸福的事情。卖了那条大鱼以后，陈瞎子的好运来了。他换了大船，娶了媳妇儿，转年就有了一个双目齐全的儿子。

老　等

陈瞎子的好日月终于在白洋淀几度干涸后结束了。就像他的老婆在生完第四个孩子后突然病死一样。水干了，鱼净了，鱼鹰便没有了用场。我、白鸬和孩子们也难逃厄运。我的儿女们先后被陈瞎子卖到了南方，只剩下我、白鸬，一起陪着陈瞎子慢慢老去。

终于，在芦苇干枯、荷花凋败的时节，和我一起生活了二十多年的白鸬在吃了一只有毒的田鼠之后离开了我和陈瞎子。陈瞎子夹着铁锹，抱着白鸬，肩扛着我来到了村边的小岛上。他挖了个坑，把白鸬埋了。陈瞎子盖好最后一锹土的时候，我发现他的独眼里滚下了几大滴混浊的老泪。就在埋白鸬不远的地方，有一座孤坟，那是他老婆长眠的地方。

陈瞎子流完泪，把我抱住，一边梳理着我脏乱的羽毛，一边絮絮叨叨地说，老伙计，你走吧，天快冷了，你飞到南方去吧。淀里建了个旅游岛，再不去，你就会被我卖到那里供游人观赏了。没有了自然鱼，他们养了鱼，要你抓鱼表演给游人看呢！

陈瞎子把我往蓝天上送去。我抖动着衰老的翅膀，嘎嘎地叫了两声，艰难而又奋力地开始了许久不曾有过的飞翔。

我终于没能飞出白洋淀。尽管我曾是一只野生的鸬鹚，可我一点也找不到从前的野性。我已经融入了这方水土。白洋淀就是我的家乡。我在这个小岛上筑巢而居。我在干旱的淀边，凝望着天空，凝望着远方。我伸长

　　了脖子久久地等待。我愿意做白洋淀最后的一只鱼鹰，最后的一个守候者。一直等到水的到来，一直等到鱼的到来。

　　后来，我就成了白洋淀一只长脖子老等。

偷 父

○刘心武

　　我到家已临近午夜，进门后按亮厅里的灯，立刻感觉不对劲儿，难道……我快步走到各处，一一按亮电灯，各屋的窗户都好好地关闭着啊。但是，当我到卫生间再仔细检查时，一仰头，心猛地往下一沉——浴盆上面那扇换气窗被撬开了！再一低头，浴盆里有明显的鞋印。有贼！我忙从衣兜掏出手机，准备拨110报警。这时，又忽然听见声响，循声望去，发现卧室床下有异常。我把手机倒换到左手，右手操起窗帘叉子，朝床下喊："出来，放下手里东西，只要你不伤人，咱们好商量。"

　　一个人从床底下爬出来了，是一个瘦小的少年，剃着光头，身上穿一件黑底子的T恤。我看他手里空着，就允许他站立起来，用窗帘叉指向他，作为防备，问他："你偷了些什么？把藏在身上的东西掏出来。"

　　看他那副"久经沙场"、处变不惊的模样，倒弄得我哭笑不得。我用眼角余光检查了一下我放置钱财的地方，似乎还没有受到侵犯。我保持伸出窗帘叉的姿势，倒退着，命令他跟我来到门厅里，开始讯问。

　　"您为什么还不报警？"他问我。

　　我把手指挪到手机按键上，问他："警察来了，你会是怎么个处境？"他叹口气："唉，惯了，训一顿，管吃管住，完了把我遣返回老家，再到那破土屋子里熬一阵呗。"他那无所谓，甚至还带些演完戏卸完装可以大松一口气的表情，令我惊奇。

他今年 14 岁，家在离这个城市很远的地方。他只上到小学三年级就辍学了，一年前开始流浪。现在就靠结伙偷窃为生。

我望着灯光下瘦骨嶙峋、满脸大汗的少年，问他："饿吧?"他眯眼看我，仿佛我是个怪物。我为他泡了一碗方便面，端到他面前。

我决心放他回去，对他说："我的话你未必肯听，但是我还要跟你说，不要再干这种违法的事，你应该走正路。"他点头。

我给他开门时，他居然说："我还不想走。"

我大吃一惊，问他："为什么?"

他回答的声音很小，我听来却像一声惊雷："我爸在床底下呢……"

天哪，原来还有个大活人在卧房床底下。我慌忙将窗帘叉抢到手里，准备拨 110。这工夫那少年已经转身进了卧室，麻利地爬进床底下。我惊魂未定，他却又从床底下爬了出来，回到门厅。我这才看清，他手里捧着一幅油画。我正想嚷，他对我说："我要……我要我爸……求您了。"

那幅油画，是我临摹的凡高的自画像，这幅自画像里，人物显得特别憔悴，眼神饱含忧郁，胡子拉碴的。

少年窃贼告诉我，他负责踩点的时候，从我家窗外隔着铁栅看见了这幅画，一看就觉得是他爸，总想偷走它。今天，他好不容易钻了进来，取下这幅画，偏巧我回来了……

我细问他："你爸现在在哪儿呢? 你妈妈呢?"

他执拗地告诉我，他没有妈。他妈在他不记事的时候，嫌他爸穷，跟别人跑了。他记得他爸，那扎人的胡子碴儿，那熏鼻子的汗味加烟味加酒味……

他们那个村子，不记得在哪一天，忽然说村外地底下有黑金子，大家就挖了起来，他爸爸也去挖。去年的一天，半夜里村子忽然闹嚷起来，跟着有呜哇呜哇的汽车警笛声，他揉着眼睛出了屋……简单地说，村外的小煤窑出事故了，他爸，还有别的许多孩子的爸，给埋在井底下了……

少年说这些事情的时候，眼里没有一点泪光。我听这孩子讲他爸遇难，也就是鼻子酸了酸，但是，当我听清这孩子今天钻进我的屋子，为的只是偷这幅他自以为是他父亲的画像时，我的眼泪忍不住溢出了眼角。

我把画送给了他。他不懂得道谢。我把门打开，他闪了出去。

关上门以后，我若有所失。不到半分钟，我一溜烟儿跑下楼梯，气喘吁吁地踏出楼门，朝前方和左右望，那少年竟已经像从人间蒸发，只有树影在月光下朦胧地闪动。

我让自己平静下来。当一派寂静笼罩着我时，我问自己："你追出来，是想跟他说什么？"

是的，我冲出来，是想追上他并叮嘱他："孩子，你以后可以来按我的门铃，从正门进来。"

奶奶的后院

○苍　虹

奶奶做了爷爷的妾。

奶奶望着爷爷那堆虱子翻花的破棉絮哭得差点背过气。

爷爷却有几分恼怒了：你哭个甚？你笑还来不及哩，你算攀上大户哩，不是大户人家娶得起小吗？爷爷说这话时，全然忘了他曾怎样死皮赖脸，怎么吹得山崩地裂，怎样把奶奶从走投无路的逃荒路上诓来。

奶奶随爷爷来到他的破土坯房，除了四壁，只看见一堆乱棉絮。

这日子可怎么过？奶奶哭得天昏地暗。

爷爷蹲在破门槛上笑了：你真没眼光。等你给我生了儿，就带你回家。给我们家续了香火，谁不把你当正宫？不过你得住后院。老家的规矩，不能破。当院住大的，记住啦？青砖大瓦房哩！后院是你的行啵？

奶奶瞪着哭得像灯笼似的眼睛，把这话便铭心刻骨了。

奶奶很争气，真就生了儿子，取名孟还乡，就是我爸爸。

奶奶整天对爸爸说："还乡，我们就要和你爹一道回家了，你爹说了，咱住后院，记得了吗？"爸爸只顾蹬他细长的小腿。

奶奶笑了："好啊，先练练腿脚，回家还要赶早路呢。"

爷爷是在爸爸不到两周岁时死的。爷爷的眼睛没有闭上，奶奶替爷爷合上眼，哭着说："他爹，别挂着我们娘儿们了，我们记住了，后院是我们的，我记住了！"然后她又按倒不懂事的爸爸趴在爷爷面前，教他说：

"记住了，后院！"

　　直到我爸爸念完大学，奶奶也没有攒下回老家的盘缠。但奶奶却一刻不曾忘记过，她除了拥有她的儿子和眼前的破土坯房，她还拥有一个后院，那是天经地义的——她给人家续了香火。

　　爸爸有了工作，便有了妈妈。

　　妈妈生下我时，奶奶坐在医院门外哭了，哭了一会儿，又笑了，对我爸爸说："也不知道咱老家的后院多大，这又是儿，又是媳妇，又是孙女的，不知住下不？"

　　爸爸无奈地笑了，嘴上却说："可不是，住不下就去前院，反正我是正根儿呢！"

　　奶奶看着爸爸，幸福地笑了。

　　奶奶不顾我妈妈的一再反对，固执地叫我"思家"。爸爸报户口时写上的是："思佳"。奶奶不认字，反正我是她心目中的"思家"。

　　"奶奶住后院儿，前院儿住你大奶奶。尽管咱给人家续了香火，也总要分个先来后到的……"奶奶说着，并不关心别人是否在听。

　　有时我有口无心地问一句："奶奶，你的后院什么样儿啊？"

　　奶奶说："去了就知道了。你爷爷说，青砖大瓦房哩。去了就知道，去了就知道。"奶奶说这话时就好像多梦时节的少女，很可人。

　　当奶奶抱了重外孙女的时候，回一趟老家的费用在我们的家庭开支中，仅仅是九牛一毛了。这时的奶奶已经走不动了，她被我和丈夫搀扶到阳台上望风时，眼睛极力望得远远的；微风吹着她那飘然欲断的银丝，似乎也看到了她那被往事磨砺着的寸寸柔肠。这时我多想听奶奶讲讲她的后院儿啊。可从她病倒后，她就缄默了。

　　奶奶在昏迷数天后突然醒来，她说："给我梳洗一下吧，我要回老家了。"

　　奶奶就走了。

我带奶奶回家了。我给家人留句话就把奶奶装进旅行包，坐上了南去的列车。

我和奶奶都是第一次出远门。

路上我困了，就枕着旅行包，在奶奶扑通通的心跳声中睡去。

我没有找到奶奶的"后院"。一位年近八旬的老爷爷告诉我，过去这个地方穷得裤子都穿不上，没什么青砖大瓦房，有能耐的人都闯关东了。你说的地方有间破草房，有个瞎老婆子领着闺女过。瞎老婆子的男人姓孟，闯关东，一走没影了。瞎老婆子死了，闺女嫁人了。

老人家带我来到一片乱坟岗子，指着一个土包说："八成这个是瞎老婆子的坟。"

我望着这秃秃的坟包，腿一软跪下了："大奶奶，思佳看你来了！"我抱着我的奶奶哭了不知多久。

老人家早已悄然离去。我便用手一点点在大奶奶的坟后面挖了个坑，把奶奶留在那儿了。

回到家，小女儿第一个雀跃着向我问："看到太姥姥的后院了吗？"

我说：看到了，它很美。

爸爸一直缄默。

南笙痛苦和快乐的生活

○刘建超

南笙不是人，是一只兔子。

兔子南笙原来是没有名字的。男生的父亲是个养殖专业户，到城里来贩卖兔子，剩下一只崽子没人要。男生的父亲来学校看男生，就把兔子留在男生的宿舍里。男生的父亲走了，男生拎起兔子的耳朵把它扔到了墙角。

男生事多，两天过去了，才想起屋子里还有只兔子。把饭盒里吃剩的半个裂皮的干馒头扔到墙角，嘴里不耐烦地嘟噜，真麻烦。

女生找男生借篮球玩，在乱七八糟的男生宿舍里看到了脏兮兮瘦巴巴的兔子。女生好喜欢，篮球也不借了，说，能让我把兔子带走吗？男生巴不得，拎着兔子的耳朵搁在女生的手里。女生宿舍炸了营。每个人都抱过兔子之后，一致认为需要给兔子起个名字。甲说叫玉兔。乙说土死了，还不如叫银兔。丙说还红烧兔呢，叫一酷到底。甲说，既然是从男生那里抱来的，就叫南笙。大家同意了，都摸着兔子喊男生。乙说，成天男生男生的叫，别人还以为我们多没出息，想男生了呢。甲说，我指的是南方的南，芦笙的笙。哇噻，化腐朽为神奇啊，多优雅多诗意的名字啊！

当务之急是给南笙洗澡，她们实在不能容忍南笙身上的污垢。怎么给南笙洗澡，女生发生了争执。甲说用清水洗，乙说用护肤露，丙说南笙浑身都是毛，怎么能护住肤？甲还是坚持用清水，无污染。乙说，我看用毛衣洗涤剂最好，洗南笙主要就是洗毛毛啊。女生打来三盆水，把南笙先放在第一盆的清水里泡几分钟，再放到第二盆有洗涤剂的水中梳洗，最后用清水漂净。甲把南笙包在枕巾里，乙拿来吹风机呼呼地把南笙湿漉漉的绒毛吹干，丙握着香水瓶子给南笙喷了个透身香。

南笙给女生带来了欢乐。女生走进宿舍的头一件事就是抢南笙，没有抢到的就噘着嘴。有电话来找女生的，就经常有这样的恶作剧：你找谁？甲不在，她和南笙去厕所了。乙现在不能接电话，她正在和南笙睡觉。惊得电话里的声音都变了，家长弄清原委也是哭笑不得。甲和男同学看电影要带着南笙，把南笙放在大书包里兜着，一会儿给南笙喂个花生，一会儿喂口苹果，搞得男同学不高兴。甲说，又不是我约你，你不高兴，我还不高兴呢。南笙，咱们走。乙的英语考试没有过关，心情郁闷，抱着南笙坐在湖边，用英语对着南笙发泄，埋怨老师、埋怨课代表、埋怨南笙。丙深更半夜的跳下床，把熟睡中的南笙抱进被窝，喃喃地告诉南笙，自己刚刚做了个噩梦，好好恐怖哇。你可不能睡觉，要帮我看着，别让那鬼来了。我保证，明天晚上，我再也不看鬼怪故事了。

南笙的饮食是女生争执的焦点。甲说，上幼儿园时就会唱，小白兔白又白，两只耳朵竖起来，爱吃萝卜和青菜。乙不赞同这说法，说那都是老观念了，应该到宠物商店买专用食品。丙在中间和稀泥，可以将二者综合利用，分一三五、二四六。谁也说服不了谁，麻烦就出现了。南笙的面前往往堆着小山一样的各类食物，几乎是女生的箱柜里有啥吃的，南笙的饭盒里就有啥。南笙多吃了谁喂的食物谁就高兴，谁喂的食物南笙不吃谁就生气。

南笙病了，不吃不喝无精打采。女生慌了，找出一桌子的药。甲给南笙喂消食片，都是给吃撑了，你们只顾自己减肥，让南笙胡吃海喝，出毛病了吧。乙给南笙灌柴胡口服液，南笙是感冒了，要清热去火。丙非得让南笙吞抗菌素——不消炎，一切都是白扯。

男生的父亲又要进城了，男生找到女生要把兔子带走。女生集体抗议，坚决不从。女生说出了 N 个南笙不能交还的理由。男生不理，兔子是一定要带走的。女生妥协了，说走不走应该让南笙自己决定。女生把南笙放在屋子中间，说南笙跑到谁跟前就跟谁走。

　　女生蹲在南笙的对面，温柔地唤着南笙。男生双手抱肩带答不理的样子。南笙左右瞅瞅，慢悠悠地走过去，伏在男生的脚下。

　　女生哭了，女生愤怒了，叛徒，昧良心，坏蛋！一个劲儿地骂。

　　男生拎起兔子的两只耳朵走了。到了宿舍，两手一丢，南笙就被扔到了墙角。男生又扔过去半个干巴的馒头。兔子南笙抱着干巴的馒头幸福快乐地啃起来。

养 鸡

○韩少功

　　农家有三宝：鸡、狗、猫。鸡是第一条。放在以前，鸡是一般农家的油盐罐子，家里的一点油盐钱，全是从鸡屁股里头挤出来的。现在经济有所改善，但鸡还是一般农家的礼品袋子，要送个人情或还个礼，大多冲着鸡下手。

　　入住山村以后，农友们看着我们还顺眼，抽了我家的烟，喝了我家的茶，便回报一些蔬菜、红薯、糯米、熏肉，有时还有鸡崽儿。这使我们家的鸡圈迅速热闹起来，来路不一的鸡崽儿各自抱团，互相提防和攻击。有一只鸡个头儿大，性子烈，只是没来得及给它剪短翅膀，它就腾空而起飞越了围墙。我们在后来几天里还不时看到它在附近游走和窥视，但就是抓不住它，只得听任它变成野鸡，成全它不自由毋宁死的大志。

　　鸡崽儿长大以后，雌雄特征更加明显起来。一只公鸡冠头大了，脸庞红了，骨架五大三粗，全身羽毛五彩缤纷油光水亮，尤其是尾巴那几条高高扬起的长翎，使它活脱脱戏台上的金牌武生一个，华冠彩袍，金翎玉带，如操上一杆丈八蛇矛或方天画戟，唱上一段《定风波》或者《长坂坡》，一定不会使人惊讶。几个来访的农民也觉得这家伙俊美惊人，曾把它借回家去配种。

　　这只公鸡是圈里唯一的男性，享受着三宫六院的幸福和腐败，每天早上一出埘，就亢奋地平展双翅，像一架飞机在鸡场里狂跑几大圈，发泄一

14

通按捺不住的狂喜，好半天才收翅和减速。但是这架傻飞机虽然腐败，却不太堕落，保卫异性十分称职，遇到狗或者猫前来觊觎，总是一鸡当先冲在最前，怒目裂眦，翎毛贲张，成一个巨大毛球，吓得来敌不敢造次。如果主人往鸡场里丢进一条肉虫，它身高力大健步如飞，肯定是第一个啄到肉虫。但它一旦尝出嘴里的是美食，立刻吐出来，礼让给随后跟来的母鸡，自己无论怎样馋得难受，也强忍着站到一旁去，伟岸的绅士风度实在让人敬佩。

"衣冠禽兽"一类恶语，在这只公鸡面前变得十分可疑。把自利行为当做人性全部的流行哲学，在这只公鸡面前也不堪一击。一只鸡尚能利他，至少能够利己利他，为何人性倒只剩下利己？同是在红颜相好的面前，为何好些人间绅士倒可能遇险便逃和见利先取？这只公鸡感情不专放荡不羁，自然也有很多不文明之处、可挑剔之处，但它至少还能乱而不弃，喜新不厌旧。一遇到新宠挑衅旧好，或者是强凤欺压弱莺，它总是怜香惜玉地一视同仁，冲上前去排解纠纷，把比较霸权的一方轰到远处，让那些家伙稍安勿躁恪守雌道。这一点大概也比好些人间男士更可爱。

一天早上，我起床以后发现天色大亮，觉得这个早上缺了点什么。想了半天，发现是刚才少了几声鸡叫，才使我醒得太晚。我跑到鸡坩一看，发现坩里没有大公鸡。这就是说它昨天晚上根本没有入坩。那么它到哪里去了呢？

我左找右找，一直没有发现它的影子。中午时分，我再一次搜寻，才在一个暗沟里发现了它的尸体。奇怪的是，它身上没有伤口，显然不是被黄鼠狼一类野物咬死的。它也不像是病死的，因为它昨天还饮食正常精神抖擞，没有丝毫病态。

到底是怎么回事？我不得其解，只能把它葬在一棵玉兰树下。

那一天，母鸡们怅然若失，也不怎么吃食，撒给它们的谷子剩留了许多，被一大群麻雀飞来吃了个痛快。

从此以后，鸡圈里少了一份团结与和谐。母鸡们也能利他，但利他的圈子划得很小，只限于一窝同胞之内。凡是气味不对的别家骨血，就无缘受到爱护，双方处得再久还是形同陌路。这就苦了一只小黄鸡。它是新来的，在这里无亲无故，刚来时怎么也进不了鸡埘，一进门就被既得利益群体啄出门外。我把它强行塞进埘门，第二天竟发现它头上鲜血淋淋，被活活地啄去了一块肉，致使它两眼欲闭，步履跟跄，奄奄一息。

它鸡即地狱啊！没有明君的社会礼崩乐坏啊！我没法查出凶手，再气愤也没法查凶惩顽，唯一可做的事，是找来红药水和消炎粉，给这只半死的小鸡疗伤。我见它怯怯的根本不敢上前争食，又一连给它开了七八天小灶，每一次抓来些剩饭或谷子，让它单独进食。其他的鸡见此情景忌妒得拍翅大叫，但在我的一再呵斥之下，无法靠近过来，只能远远地看着小黄鸡吃香喝辣。

我们把这只鸡命名为"小红点"，名字源于它头顶涂了红药水，脑袋上有鲜明的标记。我们没有料到的是，自小红点被我们从死亡线上救回来以后，它怕鸡不怕人，亲人不亲鸡，在鸡圈里总是形单影只，待在冷清的角落，一见人倒兴高采烈地跑上前来，不似其他鸡，即便见你是来喂食也会四散惊逃，直到你提着空盆离去，才敢一哄而上前来抢啄。每到黄昏，小红点也迟迟不回鸡埘，一有机会就跑出鸡圈，跑到我家的大门口，孤零零地守候在那里，对门内的动静探头探脑，似乎一心一意要走进这洞门，去桌边进食，去床上睡觉，甚至去看看电视。看得出，它眼睛眨巴眨巴，太想当一个人而不想做一只鸡了。

半年多以后，它还是保持着跟人走而不跟鸡玩的习惯，即使主妇很不待见它在门前拉屎，即使主妇一次次把它赶回鸡群，但它还是矢志不改总是跟着人转，有时踩着了我的脚，啄了我的脚，也若无其事。它顽强的记忆是不是来自那一次刻骨铭心的疗救？或者像邻居老吴说的，它前世很可能就是个人，同人有某种缘分？

它一天天长大了，拉在我家门前的粪便是越来越多了。但我不知道怎么对待这只孤独的鸡。假如它哪一天要终结在人类的刀下，它会不会突然像人一样大喊一句"救命"？或者含着眼泪嘟哝一声"我无怨无悔"？

　　那一天正越来越近。

猫 王

○申 平

许六指本来是个上不得台面的人物，但自从他家有了这只大黑猫，他的腰板儿似乎渐渐挺直起来，说话调门儿比过去提高了八度。他动不动就抱着他的大黑猫满村乱转，逢人便显摆：看见没有？我的这只猫，它就是猫王啊！

但是这年，猫王却受到了严酷的挑战。

那时村里还有碾房，每天都有人到碾房里来碾米磨面，当然免不了留下一些米渣面屑，便有一窝老鼠在碾房打洞做窝儿。每当夜深人静，这里就成了老鼠的乐园。最可恶的是老鼠往碾盘上拉屎撒尿，搞得里头臭气熏天。

便有人带猫来捕鼠。但不知为什么，所有的猫都不敢在碾房里停留，只要人一离开，它们就会立刻从窗户逃之夭夭。

这真是怪事。人们便不约而同来找许六指，请他的猫王出山。许六指啪啪拍着胸脯，威风凛凛地抱着他的大黑猫来到了碾房。大黑猫果然不凡，居然不躲不逃。它东闻西嗅，最后在一个角落蹲伏下来。

半夜的时候，有人听见碾房里猫吼鼠鸣，稀里哗啦似有打斗之声。天亮以后，许六指看见大黑猫浑身是伤，正蹲在他家灶前发抖。许六指一边给它上药疗伤，一边心疼得掉眼泪。他嘴里不住骂着：这一定是撞见鬼了！他拎着大木棒去碾房寻找，但见里面一片狼藉。他想了半天，也弄不

18

明白到底发生了什么事。

碾房里的老鼠从此更猖獗了。

几天以后，大黑猫忽然失踪了。大家说：它肯定是给耗子精吓破了胆，上山躲起来了。许六指一下子变得委靡不振，腰杆儿重新弯了下去。

大约过了二十天，大黑猫忽然又回来了，它浑身是土，好像走了很远的路。最奇的是它竟带回一只瘦狸猫来。那猫比大黑猫个头儿小了许多，毛也脏兮兮的，唯有一双眼睛虎虎有神。

大黑猫一进家，就跑到猫食碗旁喵喵叫。许六指赶紧就给它弄吃的，但它不吃，却闪身让那瘦狸猫吃。瘦狸猫也不客气，一口气吃饱。然后大黑猫才肯上前进食。

两只猫趴在炕上眯了一会儿，就相跟着出了门，一直朝碾房走去。许六指知道有戏，就悄悄跟在后面。正是晌午，碾房里静静的。大黑猫走到老鼠洞前，冲里面喵喵叫了几声，竟嗖地蹿出一只红毛老鼠来。大黑猫绕着碾盘便跑，红毛老鼠便在后面追。追着追着，突见半空里好像划过一道闪电，藏在一边的瘦狸猫凌空跃起，准确地落下，一口便咬住了红毛老鼠的脖子。红毛老鼠吱吱猛叫，拼命挣扎，但瘦狸猫紧紧咬住就是不松口。这时，鼠洞里又有老鼠跑出来救援，却被大黑猫一口一个咬死一片。

过了一会儿，红毛老鼠终于不动了，瘦狸猫这才松了口。许六指等人赶紧冲进来，这才看见红毛老鼠被咬断了咽喉，气绝而亡。

当下全村都轰动了，人们纷纷跑来看耗子精，又跑到许六指家去看两只猫。它们趴在炕上，一直睡了一天一夜。

两只猫终于醒了，许六指赶快把它们咬死的老鼠拿给它们吃。他看见大黑猫对瘦狸猫仍是礼让有加，又是等它吃饱了才肯动口。

随后，两只猫相对喵喵而叫，好像在告别。许六指立即关门关窗，他想把瘦狸猫留下来。他嘴里念着：好猫，看样子你才是真正的猫王呀，你就留在我家吧，我会好好待你呀！

　　许六指伸手去摸瘦狸猫，却不料那猫呜地一个虎威，将许六指吓得一趔趄。许六指还不甘心，又拿一条小鱼去引它，想乘机把它抱住，再用绳子把它拴起来。没想到那猫一跃而起，一爪将他的脑门儿抓出一条血印。而且它就以许六指的脑门儿为跳板，飞身向窗子撞去，砰的一声撞出一个窟窿，等许六指出来看，瘦狸猫早已不知去向。

　　大黑猫随后也跑了出去，从此再也没有回来。

　　许六指难过一阵以后又恢复了元气，他动不动就指着脑门儿上的伤疤说：看见没有，这是让真正的猫王给抓的。

笑　脸

○曾　颖

　　民工钱二觉得自己最近有些不对劲儿，上班老是走神，煮菜老是把味精当盐，晚上老是做些花花绿绿的梦，早晨起床觉得累得不行，仿佛夜里加班干了一宿重活儿一般。

　　包工头耿二爷对钱二说，你小子是不是病了？像个病猫。

　　钱二自己给自己做了个体检，腰腿胳膊都没问题，肚子不痛也没拉稀，鼻子也通畅眼睛也很好，最近二十几天也没觉得有感冒症状而且痔疮也很久没发作了。

　　邻床的阿福说，身体没问题，该不是心理或精神出了问题？

　　阿福是高中生，说的话文绉绉的。钱二很不以为然，说：你说那些多奢华啊，那是咱工棚里的人敢生的毛病吗？

　　阿福见钱二说这话，于是嘟囔着缩进被窝说，是人都有心理问题，除非你不是人。

　　钱二不想和他争论自己是不是人这样高深而永远都扯不清的问题，于是也缩进被窝，追根溯源地开始寻找自己的心理问题。也许真如阿福所说的那样，自己确实有心理，而且还出了问题。

　　这时，他眼前竟闪过一张笑脸——一张女人白皙的笑脸。那脸上一双不大但很亲切的眼睛像豆荚一样弯弯的使人有一种魂飞天外的感觉。她的眉毛让他想起童年时跟着爷爷在瓜棚里守瓜见到的那弯新月。她浅笑着露出的几颗白白的细米牙，让他想起当年过家家时说要当他一辈子媳妇儿的花妮。自从花妮嫁给一个胖厨师便再没有冲他笑过了。

想到这些，钱二有些憋气，他决定不往下想了。他强迫自己快睡，但他发现对他来说颇为奢侈的心理问题和失眠，今夜竟如此坚定地来到他身边，挥之不去。他以往从没感觉到的工棚里的汗味和呼噜声，今夜竟是那样不可救药地冲击着他的鼻子和耳朵。他发现在这样一个充满汗臭和呼噜声的夜里，他竟是如此地渴望着那张笑脸。

对于钱二来说，笑脸，特别是女人的笑脸确乎是稀罕之物。尤其是进城这些年，钱二简直就不知道笑着的女人是什么样子。他仅有的两次女人对自己笑的记忆都险些产生严重的后果。第一次，他在公交车上看一个女人冲自己笑，于是他也冲对方笑，结果差点被对方骂成流氓。后来才知道，那女人是冲着自己身后的帅哥笑，自己表错了情。而另一次，则是一个发廊妹冲自己笑，那女孩要他给50元钱，他没有，险些挨顿揍。

有了这些不愉快的经历之后，钱二对笑脸不再渴望也不再奢求了。他想：笑一笑又不饱肚子，谁稀罕啊！

因为不再稀罕不能饱肚子的笑脸，他走路总低着头。他想，这样不仅不用遭人白眼，甚至还可能捡到钱包或空易拉罐呢，那玩意儿比笑脸实惠。

尽管低着头，钱二最终还是与那张让他魂牵梦萦的笑脸相遇了。

钱二记得那个闷热的下午他从那家精品商店经过时看到那张笑脸的感觉，就像多年前从山崖上跃入山涧里通身清凉的那一瞬。

因为有了前两次不愉快的经历，他决定不轻易向对方笑，以免惹出严重后果。也许那个女人是冲自己身后的什么人笑？或者她是青光眼，看不到她面前的钱二是个民工？

这些疑问使他又老实地低头往前走。走了很远，他依然发现，那女的好像确实是对自己笑着呢。这时，他耳边响起姥姥当年讲的故事，她说：

人一辈子，无论你是多穷多蠢多丑多倒霉，老天爷总会让一个人真心对你的，说不定对方还是七仙女织女那样的好女孩儿呢。

钱二一直觉得那是姥姥为哄自己睡觉而编的，但现在他竟觉得这些话有些依据。之后，他又去了几趟精品店，总能看到那女人在柜台后面冲自己笑。白净的脸，红红的唇，新月样的眉儿豆荚样的眼……

想到这些，喧嚣的城市变得很静。他听见自己胸膛里好像有一面鼓在敲响着。他觉得自己仿佛喝了五斤酒，浑身的血滚烫。

他实在睡不下去了，起床朝精品店走去，店已关门了。他有些不死心，就从玻璃橱窗往里望，他发现，他梦寐以求的那张脸正冲自己笑呢!

他知道她在等自己。他想进去，但没门。

他找来一个垃圾筒，高举着砸过去。

玻璃碎了，他知道再没人能阻止他了。他冲进去，拉起她，他发现自己满脸幸福的泪水。

他哭着对她说：你就是织女你就是七仙女，只有你愿意对我笑。他拉起她。她依然笑。他们一起走出门，钱二觉得满地的玻璃声很清脆，就像女人清脆的笑声……

第二天的报纸上发了一条新闻：昨夜 23 点警方破获一起入室抢劫案，一外来人员窜入××路一精品商店偷走塑料模特一个。警方怀疑偷窃者患有精神病，目前正组织心理专家对其进行鉴定……

微笑的雪山

○ 胡 炎

关小山在西藏边防部队当兵，这里是高山雪原，不用说，条件十分艰苦。可关小山留给战友们最深的印象是：微笑。这小子从踏上雪山第一天起，就把一张笑脸送给了大伙儿，因此，大伙儿也都特别喜欢他。

关小山口袋里有一件宝贝，那是他女朋友小娟的照片。姑娘长得特别水灵，一点不像农村人。战友们寂寞了，无聊了，就说："小山，把你的娟妹子给咱解解眼馋。"关小山不掖不藏，大大方方地把照片拿出来。战友们一边看一边忌妒地说："你小子桃花运可真不错，说说，你要了什么把戏把人家骗到手的？"

关小山狡黠地笑着，说："这可是咱的武林秘籍，哪能轻易泄露？"

照片传到了五大三粗的庄大炮手里，只见他瞪着一双牛眼，夸张地吸溜着哈喇子，猛地在照片上亲了一口，嘴里还说："这么标致的妹子，要是个物件该多好，咱兄弟一人一半。"

关小山一点也不恼，反而得意地笑开了花："怎么样，味道不错吧？人是我的，照片你随便亲。"

转眼，中秋到了。晚上，战友们搞联欢。虽然气氛热烈，但对亲人的思念还是让大家的心情沉重了不少。这时，关小山突然笑眯眯地登了台，说："下面，我给大家表演一个节目，大家呱唧呱唧。"

只要是关小山的笑脸一出场，大伙儿就开心不少。一阵掌声后，关小山变戏法似的从口袋里掏出一封信，清清嗓子说："现在，表演正式开始。我表演的节目是：《我的情书》。"

大伙儿都乐了，纷纷催促他赶快念。关小山撇着南腔北调的普通话，念小娟刚来的信。到了最后一段，关小山改了词："各位大哥：你们别挂念我，我很好，爹娘都好。等明年夏天，我去看你们。你们亲爱的小娟。吻你！"念到这里，关小山来了一个响亮的飞吻，荡漾出一脸醉笑。

果然，关小山的情书让大家的情绪都高涨了起来，一阵哄笑后，有人唱家乡小调，有人说笑话，有人表演起了自编的三句半，就连庄大炮也扯着牛嗓唱了一段豫剧。

回到宿舍，庄大炮缠着关小山，问小娟明年是不是真的会来。关小山甜蜜地点点头。庄大炮激动起来了，连声说着"太好了"，好像要来的是他媳妇儿似的。关小山朝他肋上捅了一拳："又想着分给你一半的美事了？嘿嘿，放心，美事我干，美梦归你。"

冬天到了，气候越来越恶劣。这天，关小山和庄大炮等战友外出巡逻，突然一阵狂风刮来，军犬被刮得脱了缰，关小山奋力追赶，不料脚下一滑，滚下了山崖……

万幸，关小山没死。战友们把他救回来后，关小山整整昏迷了一个星期。没想到，这小子一睁开眼，看到旁边的庄大炮，嘴角一动就是一个可爱的微笑。庄大炮眼窝湿了，说："你小子，我真怕你醒不过来了呢。要是没了你，我都不知道该怎么办了。"

关小山说："哪能呢，我命大福大造化大，阎王老子给我说了，我欠这雪山八十年笑脸，想走也走不了啊。"

庄大炮憨憨地笑了。

第二年夏天，庄大炮又寻思着小娟来的事了。关小山说："你这个傻大炮，这儿是女人来的地方吗？我那是逗你玩的，你要是想她，今晚我把照片借你搂着睡一夜。"

　　庄大炮搔搔头，不好意思地笑了。

　　日出月落，雪山边防的日子终于要画句号了。在退伍的前夕，关小山又收到了一封信。庄大炮问他信上写的啥，关小山幸福地笑着说："家里洞房都准备好了，小娟等着和我结婚哩。"庄大炮羡慕得不得了，又要讨信看。关小山推开他，说："太肉麻了，不准看。"庄大炮说："等着，早晚我得去你家，好好看看咱的娟妹子。"

　　不久，关小山微笑着告别了雪山，告别了战友。

　　一年后，庄大炮专程来看关小山。这是一个贫穷的乡村，关小山已经被村民推选为村主任，正带领乡亲们修路。一见庄大炮，关小山还是那副可爱的笑脸，庄大炮激动地和关小山来了一个拥抱——这笑脸他太怀念了。

　　关小山把他拉到家，庄大炮里外看了一圈，只有关小山老父亲一个人。庄大炮问："小娟妹子呢？"关小山把他按在椅子上，说："回娘家了。大炮，你先坐，我去整两个菜，咱哥儿俩好好喝几杯。"说着，便熟练地系上围裙，去了灶房。

　　庄大炮跟关小山的老父亲搭话，才知道老人精神有些痴呆。这时，关小山上了酒菜，两人话不多说，先碰了三大杯。庄大炮又想问关小山的家事，可关小山只顾劝他喝酒，只字不提家里的情况。庄大炮终于觉得不对味，把酒杯放下，说："小山，你别以为我憨，我一没见老娘二没见小娟，你实话告诉我，家里到底出了啥事？"

　　关小山把一杯酒一饮而尽，说："好吧，我告诉你。其实在我退伍前，我收到的那封信不是小娟的，而是一个邻居照我爹的意思代写的。信上说，我娘三个月前下世了，爹怕我伤心，所以没告诉我。小娟她……半年前就跟一个男的走了。爹是担心我退伍回来受打击，所以提前给我打了个预防针。从那以后，我爹受了刺激，精神越来越恍惚……"

　　庄大炮怔了，张着大嘴呆呆地愣了老半天。末了，他鼻子一酸，问：

"那你为啥不把真相告诉我，为啥你还笑着离开了部队？"

关小山望着远处，那里正是雪山高原的方向，说："咱守雪山走高原的爷儿们，连阎王都不怕，还有啥能让咱撑不住的？我关小山离开部队，没啥可留的，就把咱的笑永远留给雪山吧！"

关小山说完，豪迈地笑了起来。可庄大炮分明看到，关小山的眼睛里闪动着晶莹的泪花……

猎头公司盯上了卢俊义

○谈　歌

　　卢俊义本来跟水泊梁山不搭界。可是他不仅搭上了界，还弄了一个二把手干。

　　先说不搭界。卢俊义本来是一个不愁吃不愁喝的富人，先不管他是怎么致富的，也不管他是怎么一个"原罪"过程就进入了城市的中产阶级行列，反正卢俊义就是大名府里一个富户，是上了大名府年度富豪排行榜的。梁山泊本来是杀富济贫的，跟富裕的阶层应该是势不两立的，这是阶级立场问题呀。可在卢俊义的问题上，梁山泊似乎背离了革命的宗旨。梁山泊相中了卢俊义，盯上了他，非逼他放下舒舒服服的小康生活，上梁山入伙。既然如此重视卢俊义这个人才，吴用和李逵便组成了一个"猎头"特别行动小组，找上门去打人家的主意。

　　卢俊义的管家李固，原来是一个沿街讨饭的，冻倒在卢家的门口，被卢俊义收留了。

　　写到这里，谈歌还是想不透，梁山好汉为什么一定要拉卢俊义入伙。有人说梁山泊是为了让卢俊义去捉拿史文恭（晁盖在曾头市的战役中被史文恭射死，也算正常死亡。哪有打仗不死人的呢）。就算是史文恭武艺高强，可是捉拿史文恭也不一定非得用卢俊义啊。就是最后卢俊义擒拿了史文恭，我感觉也是梁山上的人（也就是宋江）给了卢俊义一个顺水人情。也就是为了让他坐第一把或者第二把交椅有一个借口。这应该是宋江在里做的套儿。

可是为什么偏偏让上山最晚、资格不够、资历浅浅的卢俊义坐了第二把交椅呢？书上给出的理由不够。若说卢俊义武艺高强，也没写出他如何有万夫不当之勇。若说卢俊义是个大财主，那他比柴进不及。若说他是什么名门望族，书上也没有交代。就算是，他也比不过呼延灼、关胜、杨志这些身上有贵族血统的人哪。凭什么？就凭宋江一句话。

其实说简单些，只能是一个理由，这理由是政治上的，就是宋江要"掺沙子"。梁山泊的领导班子，还是晁盖留下来的原班人马，包括吴用这些高层领导，基本上都是晁盖的原班人马。宋江大概怕自己指挥不了，他必须弄上一个没有背景的人进班子。就算不用卢俊义，张俊义、李俊义都行。这是一种权术。

说到卢俊义，得说说燕青。他是卢俊义的仆人，也就是一个拎包的秘书。按说这样一个身份，就算是上了梁山，也不应该把位子排在前边。可燕青的位置真是不靠后。谈歌的记忆里似乎是排在了第三十六位。我从不相信那些什么"天星""地星"的胡话，这绝对是宋江事先弄好了再拿出来让人看的一份既定名单。这一切都是按照宋江的意思来办的，座次就标志着你的身份，你的身份就代表着你的待遇。宋江给卢俊义排到前边，自然不能亏了燕青啊。这是给卢的面子呀。或许卢俊义私下也对宋江讲了些什么照顾燕青的话：这小伙子跟了我多少年了，适当照顾一下吧。宋江肯定照顾。不然，燕青绝对排不到前边。

燕青是一个书中写得挺硬实的人物，他上梁山晚了些，可是他的名头在梁山上不小，也立了不少功劳。要我讲，他绝对是沾了卢俊义的光。就算卢俊义没有什么实权，可人家毕竟是二把手哇，人们得拍着点儿。现实社会里，像卢俊义这样的干部不少，他发达了，就一定要提拔自己的亲信。

卢俊义最后征方腊回来，也弄了个大干部当，总算有了一个好结果。

可好景不长，他不久即被人下毒落水而死了，也就不算善终了。事先燕青因为劝不动他归隐，个人顾个人，早早地跑了。其实这么说，燕青的人品也不怎么样，你倒是保护好你的主人哪。看起来，卢俊义的两个仆人都没有选好哇。

说到底，其实还是梁山泊害了卢俊义。主谋就是宋江。人家好好过着小康的日子，有吃有喝，这辈子算是幸福了。可是你逼着人家上梁山，这下场，嘖。现在倒是流行一种说法，叫做高官不如高薪，高薪不如高寿，高寿不如高兴。卢俊义愿意当高官，也就不在乎高寿了，当高官多高兴啊，不当高官的高兴，不是瞎高兴啊？

谈歌感慨地想，卢俊义真高兴吗？真是天可怜见。

客　串

○谢志强

国王忽发奇想，打算随便找个王宫外的居民来他发现的地下室（地下室里，两人一起进，奇迹就会发生）。国王脱去王袍，穿上便服，支开了侍卫和随从，从王宫的小侧门出去。他悠然散步，观察沿街的景象。

走着走着，他看见了一个捡破烂的老头儿，说了一些不着边际的话，最后，问：老人家，请问，你认为普天之下，谁最快乐？

老头儿说：还用说，当然是国王。

国王说：你见过国王？

老头儿摇头：我怎见得着！

国王说：那么，你怎说他快乐呢？

老头儿说：国王是一国之主，百官尊奉，万民拥戴，他要什么有什么，他做什么就能做，还不快乐？

国王说：我带你去王宫见识见识。

老头儿说：我一个捡破烂的老头儿，怎有这个福分？

国王就带着老头儿进了王宫的小侧门。老头儿有点慌张，可国王安慰他，说：我自会安排妥帖。

他俩来到了地下室。老头儿察觉自己在孤单单地站着发愣，只一会儿，五六位美貌的宫女翩翩前来，说：陛下，您沐浴更衣吧。

老头儿一时云里雾里，浴池漂浮着花瓣，芳香扑鼻。浴毕，宫女替他穿上了王袍。宫女拥着他，百官不知何时已在恭敬地迎候他了。丞相催促他决策政务，他却懵懵懂懂，随口了断，可是，政事仿佛没完没了，弄得他厌倦起来。史官已悄悄记载了他的过失，群臣议论纷纷，还不断提出意见。

时光不知不觉流逝，老头儿仿佛落入一个旋涡，尽管餐餐羊肉（各种手艺），他饭食不香，大概是肠胃消受不起，他竟腹泻。宫女仍温柔周到，面带微笑，绕着他伺候，可他还闷闷不乐，眼见一日一日消瘦。

夜里，老头儿享受了宫女的温情，身子如同掏空了一般，他还是难以入眠。时而想：我是真正的国王，还是捡破烂的老头儿？他好像一会儿跑到国王的角色，一会儿又串入捡破烂的角色，竟弄不清到底哪个是真哪个是假？可他却躺在御床上，这一点，似乎证明他是国王。

一天，宫女问：陛下，您有何忧愁？

老头儿说：我恍惚觉得自己是个捡破烂的老头儿。

宫女笑，说：陛下，您乃尊贵之体，捡破烂的充其量是您的不起眼的子民。陛下可能欲出宫散心吧？

老头儿说：这里，整天有事缠着我，还是出宫走走吧。

宫女送他出了王宫的小侧门（他还是恍惚着，自己现在是进门，还是出门）。他清醒的时候，阳光已透过土坯屋的一方窗棂，落在他的床前，一切都仿佛凝滞不动了。

老头儿看见了自己躺在炕台上，羊皮的盖被散发出羊骚味，他闻着很亲切。还有屋内堆积起的破破烂烂，气味很怪。他周身骨头疼痛，又说不出具体哪个部位，跟挨了一顿乱打那样。

穿便服的国王站在老头儿的炕前。老头儿也想起了他。

国王说：感受如何？

老头儿说：不知挨了一顿谁的揍？我是不是在做梦？我当了国王，如果国王的滋味真是那样，那有啥快乐？你能告诉我，国王真是那样生活？

国王说：哈，我也干了捡破烂的营生，我想捡就捡，想不捡就不捡，只是肚子老是饿得慌。

两人都笑得捂起肚子。临走，国王表示了要赏赐他，但是，国王没挑明自己的身份。

经营面具

○庄　学

　　老廖下岗了，是局里精简调整，划了个杠杠一刀切，在杠杠边缘的老廖就被切了下来。

　　被切下来的老廖觉得很没有面子，就羞于出门，羞于上街，羞于面对还在上着班的同事们和原来的下级。老廖拉低了帽檐上了一趟街，碰上了也是下岗的小A。小A抬了胳膊掩面而过。又走几步，熟人小B也是把帽檐拉得低低的，小B失恋哩。在一个胡同口上，遇见了老C。老C虽是破产了，但还是西装革履。老C大老远的见了老廖，用瘪了的黑包包挡了脸从另外的路口走了。

　　坐在家里百无聊赖的老廖想，要是出门戴个面具多好啊。谁也不认识谁，谁也不了解谁……

　　想着想着，老廖就想到办个经营面具的商店。你想想，现代社会节奏加快，有下岗失业的，有失意失恋的，有事业失败的，还有许多的成功人士知名人士，他们都有一个如何面对人们面对社会的问题，都需要有一个能掩饰自己隐藏自己内心的面具，这市场该是多大呀！这真是一个绝顶的策划。××的老廖，你咋这么睿智呢！

　　老廖经过多日的研制，做成了廖氏面具。老廖将普通的面具改制，还加入了微处理器、尖端的软件等一类高科技含量的东西，这样别人很难假冒哩。在试制了一批样品后，老廖打电话约来了小A小B老C，让他们试戴廖氏面具。小 A 戴着面具上了街，发现下岗工人一大片，相比之下自己年纪轻，还有技术优势呢；小 B 戴了面具出去，看天天蓝，看水水清，花也香了，鸟也叫了，往日盘桓在自己心中的阴霾也一扫而光；老 C 的感觉更好，展眼望去，无限商机在前头，犹如花花的金钱向自己涌来。风雨中这点痛算什么……老 C 哼起了歌。

廖氏面具经小 A 小 B 老 C 出去一宣传，老廖的门前就拥挤了许多人来购买，试制品马上告罄，一时间把老廖忙得团团转。老廖赶忙租了场地，雇了人员，扩大再生产。在实践中，老廖还因人而异，使面具更加人性化。给老人的面具年轻而有活力，给丑女的面具靓丽而又青春，给毛头小伙子做成熟睿智的面具，给风尘女子做清纯淑女的面具，给忧伤者做成快乐的，给花心人做成忠贞的……老廖信奉：顾客就是上帝！

生意做火了，就需要一个合适的门面。门面放在什么地方？老 C 以老江湖给参谋道，就设在机关附近。那是一个潜在的市场呢。

老廖就把经营面具的商店设到了离机关大门不远的地方，择日，廖氏面具商店开张。

想不到机关的人们更需要面具。廖氏面具商店开业不久，生意火暴，前来订购者络绎不绝，并且大多是晚上来订，晚上来取。对生意场已日渐娴熟的老廖发现，机关的人订购的面具大多是温文尔雅，面带微笑型的；还有一部分是皮笑肉不笑、诡笑型的；一部分是荣辱不露波澜不惊型的；一部分是可调节成睿智、亲民等形象的……

这一日，已是子夜时分，打发走最后一批客人的老廖正在喜滋滋地清点着钞票，只听门很有节奏地响起轻轻的叩门声。老廖忙放下钞票，打开门，一个人悄无声息地进了商店，原来是他上班时的局长。

局长贪婪的脸上呈现的是焦急的神色。局长说：快给我做一个清正廉洁型的面具，明天一早就用。

第二天上午，老廖听小 B 说，上级派来的纪委领导，找局长谈话呢。

飞向空中的盆子

○芦芙荭

　　我六岁的时候，还没有上学，我的许多时间都是和一个叫小伍子的男孩一块儿打发掉的。小伍子那时已经九岁了，他总是有许多稀奇古怪或者说出人意料的想法。

　　有一天，小伍子不知从哪里弄来了一只雷管，他把那个像炮仗一样的东西攥在手里，对我很是炫耀了一番。之后，他找来一只大木盆，然后将一截导火线安在了雷管上。

　　小伍子将雷管放在扣在地上的那只木盆下面，然后望着蓝蓝的天对我说，你坐在木盆上吧。

　　我说，这是木盆，又不是凳子，我才不坐呢。

　　小伍子说，你以为你是学校的马校长，走到哪儿还想坐凳子？

　　小伍子知道我是不会轻易坐到那只木盆上去的，他有些失望，便拧着脖子东张西望，想找一个能够替代我的人，坐到那只木盆上去。

　　这时，他就看见了张裁缝的女儿梅朵正从一棵树下向我们走来。梅朵那时大约只有五岁，她扎着马尾辫，走路的时候，小屁股还一翘一翘的像一只小鸭子。

　　小伍子的脸上当下就爬满了阳光，他对梅朵说，嗨！你走了这长时间的路，累不累？

　　梅朵就点了点头。小伍子说，我就知道你累，给你准备了一只木盆。

现在你就坐在这只木盆上歇歇吧。

梅朵可高兴了，她坐在了那只木盆的上面，脸就像是一朵向日葵一样看着我们笑。

我的心里有些不高兴了，走上去一掌将梅朵从木盆上推了下去。我虽然不想坐到木盆上去，可当梅朵坐在那上面时，我的心里却生出了几分忌妒。

我说，你凭什么坐？要坐也是我坐。

梅朵坐在地上哇哇大哭起来，泪水就像雨点一样地打在地上。

我发现泪滴还在脸上流时，是泪。可一旦打在地上了就和雨滴没有什么区别了。

小伍子说，你这人真是怪了，刚才叫你坐时，你不坐，现在人家坐了你却和人家抢开了。小伍子说，我看还是你们两个都坐在上面吧。

我和梅朵背靠背地坐在那只木盆上面时，我听见她还在不停地抽泣，很伤心的样子。

小伍子却是很兴奋，他从身上掏出一盒火柴，然后很从容地用火柴点着了导火线。导火线散发出来的火药的气味很好闻。

过了一会儿，我们就听到了惊天动地的一声响，有人就喊了一声：不好了，出事了！

紧接着，我们就看见很多人从屋子里跑到了街道上，再从街道上向我们跑过来，再从我们面前跑过去，一直向镇子外的河边跑去。

他们嘴里喊着：不好了，出事了！可他们的脸上却都异常地兴奋。

小伍子站在那里，看着那一群一群的人向我们跑来时，显出了他惯有的敏捷，他是不放过任何看热闹的机会的，他丢下了我和梅朵，也跟在那些人的屁股后面向河边跑了过去。

我拉着梅朵的手，从那只木盆上跳了下来，也向小伍子追去。

梅朵的手被我拽着，一边跑一边说，那些人到河边去干什么？

我说，去看热闹。

梅朵说，热闹是谁呀？

我说，我也不知道热闹是谁，我们去看看不就知道了。

这时，我们突然又听到了惊天动地的一声响。我们回过头，就看见我和梅朵刚刚坐过的那只木盆在一片烟雾中，像只笨鸟一样飞向了蓝天。

井

○刘国芳

　　三个在纺织厂上班的女孩，嫌集体宿舍吵闹，合伙在外面租房子住。她们租住在离纺织厂不远的一幢农舍里。这是一幢老宅，房东一家住东厢，几个女孩被房东安排住西厢。离她们不远，有一口井，井底四壁长满了青苔和藤蔓，井沿则被磨得坑坑洼洼。搬来那天，一个女孩才放下东西，就看见这口井了。女孩要洗手，问房东有没有水桶，她要到井里去提水。但房东跟女孩说："这井不能用。"

　　"为什么？"三个女孩一起问。

　　"以前有人跳过井，淹死过人。"三个女孩听了，不敢往井边去了。

　　这天晚上，一个女孩做梦梦见一个穿白衣衫的女子，脸看不清。这女子在女孩眼前一晃，就往井里跳去。女孩吓得哇一声叫起来，其他两个女孩被这个女孩吓醒了，问女孩："你叫什么？"

　　女孩说："我梦见一个穿白衣衫的女子，在我眼前一晃，跳井了。"另两个女孩也吓坏了，忙跟那个女孩说："你不要说，吓死人了。"

　　但没过一会儿，另一个女孩也哇一声叫起来，另两个女孩问她叫什么，那女孩喘着粗气说："我也梦见一个女子跳井了，但她不是穿着白衣衫，而是穿着黑衣衫……"

　　又过了一会儿，再一个女孩哇一声叫起来，这女孩说："我也梦见一个女子跳井了，但她不是穿着白衣衫、黑衣衫，而是穿绿衣衫……"

三个女孩再次哇一声叫起来，并把灯拉亮了。这灯，一个晚上也没熄。

第二天，三个女孩找到房东问："这井里真淹死过人吗？"房东说："这还能骗你们，听说淹死过好几个。"

三个女孩问："都是女孩子吗？"房东说："听说都是女孩子。"

三个女孩又问："是不是一个穿白衣衫，一个穿黑衣衫，一个穿绿衣衫？"房东说："这我就不知道了，都是好久以前的事，我还没搬来。"

这天晚上，一个女孩又叫起来，女孩说："我好像看见一个穿绿衣衫的女子，轻飘飘地从井里出来了，从窗子飘进了我们房里。"

三个女孩吓坏了，拉亮灯到处看，又把窗子关得严严实实。但她们还是很害怕，一会儿一个说我真的觉得有个女子进来了。一个说好像是从门里进来的。有一个女孩说门不是关住的吗？另两个就说鬼怎么关得住。越说越觉得恐怖，她们不敢睡了，往一个被窝里钻。

因为睡得不好，早上起床时都有些神情恍惚。这天她们不上班，几个人没事，坐在门口晒太阳。一个穿白衬衫的女人，提只篮子从外面经过。她们没认真注意女人，只觉得有个女人从跟前走过。女人拐进了一条小巷，几个女孩也没去看。但看不到女人时，她们忽然想起了女人，于是一个说："刚才那个穿白衬衫的女人呢？怎么倏忽间就不见了？"这话一出，另两个女孩又吓坏了，一个说："是不是那个跳井的白衣衫女人现形了，要不，怎么一下子就不见了呢？"

另一个说："这么快不见了，她肯定是那个跳井的女人。"

三个女孩说着，竟在大白天坐立不安了。

这天晚上，有个女孩要上班，但女孩没去。另一个女孩提醒那个要上班的女孩，说："到时间了，你要去上班呀？"

要上班的女孩声音高高的，她说："我不敢去上班，刚才我梦见我跳进了井里。"三个女孩又吓得往一处挤。

三个女孩商量了一下，决定搬走，她们说："再住下去，肯定会疯掉的。"便收拾东西，一会儿就收拾好了。但她们还不能走，因为房东不在。她们只好等。井就在她们不远的地方，一个女孩往井那边看了看，说："也不知这井里到底有什么，难道真有鬼吗？"

　　一个说："我们去看看吧？"

　　一个说："你不怕吗？"

　　一个说："怕什么，反正我们要搬走了，再说大白天的，还真会有鬼？"三个女孩说着，起身往井边去。到了，她们围着井沿往里看。

　　她们看到了什么呢？她们看到井里有三个影子。

　　那是她们自己。

发 生

○秦 俑

果儿是我今年认识的第三任女朋友。

我这么说，丝毫没有炫耀自己的意思，你也千万不要因此断定我是一个花心男人。不信的话，你可以去问我今年的前两任女友朵朵和小鱼。你问问她们就知道了。我们分手，不是因为我的原因，也不是因为她们的原因，而仅是因为我们无聊。有时候我想，是不是所有的爱情都是这样——一个人的时候，我们会感到无聊，所以我们便去寻找另外一个同样无聊的人。

可是我们没有想到，两个人的时候，我们还是会一样的无聊，所以我们只好分手。

我与果儿是在海豚酒吧认识的——我很喜欢这家酒吧的名字，朋友们常常把它比喻为收容所，它收容这个城市里彻夜不归的孩子们，包括我，也包括果儿。那天晚上，果儿一个人占着一张桌子，她的眼影是我最喜欢的果绿色。我走过去和她碰杯，跟她说话。我现在已经记不起来那天晚上我们都说了什么。

当然这些都不是重点，我还是接着说后来发生的事情。

后来果儿就成了我今年的第三任女友。刚开始我们处得很好，果儿人长得好，性格温柔，对我也很体贴。与这样的女孩处对象，有什么理由处不好呢？但后来果儿开始对我发牢骚了，更准确地说，果儿是在对现有的生活表示不满。

譬如果儿起床的时候会说，为什么你每天早上起床都是先刮胡子再刷牙，你就不能哪天先刷了牙再去刮胡子？

譬如果儿看新闻的时候会说，为什么这么多的国家政府首脑在空中飞来飞去的，也没见哪架飞机出点儿事？

再譬如，有一次果儿回家后一个人坐在沙发上发愣。我问她怎么了。她说，我正在想今天有没有事情跟你说。我说，你想到什么了？果儿一脸无奈地告诉我，我都想老半天了，也想不起有什么好说的……

如果只是这样，我想，我还会跟果儿继续好下去。可是接下来又发生了一些事情。

在我的记忆中，这些事情是从果儿与我的一次电话开始的。那天正在上班，果儿突然打我手机。果儿说，我楼下的银行被抢了。我说是吗。果儿很兴奋地说，来了五六个蒙面持枪的歹徒，我在楼上看得一清二楚，有一个人的腿还有点儿瘸……几分钟时间他们就将银行洗劫一空。我说你快报警啊。果儿说，警察都来了，正在楼下调查呢。我说，那你不要做声了，装作什么也不知道。果儿说，那哪儿行呢，我现在就下去反映情况。我说你自己小心点儿吧。果儿那头已经挂了电话。

过了几天，同样是上班的时候，果儿又打我的电话。果儿说，我楼下的超市起火了。我说，你楼下不是银行吗？果儿说，左边是银行，右边是超市，起火的是超市。现在全市的消防车都出动了，大火差点儿就蔓延到我们单位这一层楼了，我只听到楼下一片玻璃破碎的声音。我说起火就起火，玻璃怎么会碎了呢？果儿说，你真是没点儿见识，告诉你，玻璃一遇热，自己就碎了，那声音，噼里啪啦的，像过大年放鞭炮一样。

这本来也没什么奇怪的，银行遭劫、超市失火也算不上什么新闻了。但是那天我碰巧去果儿单位，我看到他们的楼房好好的，而且一楼根本就没有银行和超市。我问果儿怎么回事。

果儿一脸惊讶地说，真是笑死人了，我给你打过这样的电话吗？说着还哈哈大笑起来。

我当时也糊涂了，我也拿不准果儿是不是跟我说过这些事。但是接下来发生的另外一些事情，从侧面证实了她打电话的真实性。

那天我约果儿逛公园，结果我在公园门口等了十多分钟还不见人影。我打通她的手机。果儿用很微弱的声音跟我说，我出车祸了，你快到经三路与纬五路交叉口来。我说你没事吧，你不严重吧？果儿还是用很微弱的声音说，我乘坐的公交车与一辆大卡车撞上了，我手上脚上脸上全是血，你快点儿赶过来吧！我一下慌了，打车赶过去。哪里有什么车祸，果儿正趴在公园另外一个出口的大门上笑呢。

我说，果儿你怎么这样？果儿说，两个人多无聊啊，总要发生点什么才有意思吧。

想一想，果儿说的也有几分道理。可是如果这样的事情经常发生，再有意思的事，恐怕也会变得没有意思起来。最近果儿玩上瘾了，一会儿在公交车上抓贼，一会儿在胡同里碰到抢包的流氓，一会儿又是朋友在结婚仪式上丢了戒指，一会儿又是某同事生的小孩长了两个脑袋……刚开始我还偶尔相信，到后来我就懒得理她了。

算一算，我与果儿有两三个月没有联系了。直到有一天，我无意间从家里一只古董花瓶里找出来一块石头，我才给果儿打电话。我告诉果儿，我家发现宝物了，就藏在我曾祖父留下来的花瓶里，你快来看哪！果儿兴冲冲地来了，一进门就尖叫着问，宝贝在哪儿？我笑嘻嘻地摸出一块灰不溜秋的鹅卵石，放到她的手心里。果儿一愣，等反应过来，便开始哈哈大笑，一直笑得眼泪都蹦出来了，才停下来，叹了一口气，说，我们分手吧。

我说，分吧，分了也好。

传 说

○田双伶

蛇一样细细长长的柳林巷，住着十几户人家，门前都种着凌霄，绿色的藤蔓蜿蜒在院墙上，稠密的叶子里露着一簇簇繁密的凌霄花，像一个女子心怀着满腹沉甸甸的心事。

没人注意到苏丝黄是哪天搬到这条蛇一样的小巷里的。那天下着雨，她提着一个小行李箱，擎着一把小伞，像旧片里逃难的上海女子，千里迢迢到老城投奔远亲来了。

听到一声轻唤，周老太太从屋里探出头，看到苏丝黄怯生生地站在藤萝下，忙把她让进了屋。苏丝黄是看了报纸上的启事寻到这个四合院来的。周老太太自家住着上房，东西两面厢房都租出去了，只剩西北角的那一小间。打开门，苏丝黄把行李提了进去。

周老太太趁着给她送椅子，就问，在这地方就没有亲戚啊？

苏丝黄小巧的嘴唇微微地抿起来，摇了摇头。周老太太就停了口，眼角扫见桌上的青花瓷瓶里，插着一支竹笛，很长，中间有一环黄铜接口。周老太太就问，啊呀，这笛子真好，是紫竹的吧？

苏丝黄说，是啊，这个音色很好的。

巷里的汤家男人也会吹笛子呢，以前在电视上看到过。他穿着长衫，还有一个顶好看的女人在弹琴，啊呀，好听得很。周老太太陶醉着，真的和传说里的一样，才子佳人呢。

哦，是吗？苏丝黄没抬头。她告诉周老太太，她也会弹琴，最近在学院附近带了一个音乐班，教的是古琴。

小城的盛夏便是绵绵的雨季。每天清晨，苏丝黄就抱着一沓琴谱擎着那把紫色小伞出门。那天在巷口，迎面走来了汤家男人，苏丝黄定定地望他一眼。汤家男人看见了苏丝黄，惊了一下，目光无措地落到地面，轻声说，哦，这雨下得……苏丝黄垂了眼帘，长长的睫毛颤动着，低头走了过去。

院子里的人不多，来来去去都是各忙各的事。只有周老太太闲着无事，整天除了遛弯儿就是看电视。最近电视里正热播赵雅芝主演的《新白娘子传奇》。吃过晚饭，周老太太就喊苏丝黄到屋里看电视。苏丝黄给周老太太剥着荔枝，看白娘子和许仙在断桥边相遇，西湖里满池的荷叶舒展，荷花盛开。那个雨天啊……

晚饭后，苏丝黄拿了两条长裙去院子里洗，邻家两个女人来周老太太家串门，说着笑着，一会儿声音就低下去了。说的是汤家的事情。那汤家两口子脾性好，面上过得去，夜里却吵得凶呢。传说是汤家男人以前在杭州和一个女人情意好得很，可老太太偏偏害了这种费钱的慢性病，身边全靠汤家女人伺候着。唉，他人又孝顺得很……听说一直有人寄钱过来，老太太在那边没亲戚，猜想是那个女人的。哎呀，好可怜，汤家男人能走得了吗……

许久，周老太太忽而摇了摇扇子，高声说着，啊呀呀，传说，传说，不是真的啦……苏丝黄紧抿着唇，抬臂甩着湿淋淋的衣服，水珠溅在旁边的几盆花上，朦胧的光影里，疏叶间一簇簇的凤仙花微微颤着。

那天下了一夜的雨，清晨的阳光刚刚洒下来的时候，苏丝黄正和周老太太聊着难得的好天气，一个女人提着篮子从门前一晃而过，篮子里装着白嫩嫩的豆腐、活的鱼和水灵灵的青菜。周老太太见她走了过去，压低了嗓子说，哦，她就是汤家女人。苏丝黄望着空空的院门，紧紧地抿起了唇。

苏丝黄回屋静静待了一会儿，出门去摘院外墙上拖着的扁豆叶子，用来晚上染红指甲卷花草汁儿用。她扭脸往巷里望去，隔着两个藤萝掩映着的院门，看见女人搬了凳子坐在门口，择竹筐里的豆角，汤家男人也推着轮椅出来了，轮椅上坐着病恹恹的汤老太太。苏丝黄随手摘了几片叶子就转身进了院子。汤家男人看到她闪过的身影，愣愣的，木然呆立。

晚上，苏丝黄掐了一把凤仙花，来找周老太太要白矾。老太太正在看电视，屏幕上赵雅芝饮了雄黄酒，被叶童扶进帐子里，霎时烟雾蒸腾弥漫，一条白色的巨蛇在痛苦地翻转腾挪……苏丝黄眉宇间隐隐地皱了一下子。

啊呀呀，都是电视上演的，传说只能是传说罢了。传说中的女子都痴得很，雄黄酒都饮过了，还分分合合，纠缠不休。这一点还参不透，给他害死，枉了白蛇千年的修行。传说好吗？还是平平常常安安分分过日子好。周老太太口里唠叨着，起身去里屋找白矾。

不断变换的画面，把苏丝黄的黑眸映得亮亮的，她细心地听电视里高胜美深情痴迷地唱着："千年等一回，等一回啊……"

苏丝黄接过黄纸包的白矾就转身回了屋。墙角蛐蛐儿的鸣叫声渐渐低下来的时候，她屋里的灯光也暗了下去。

除了周老太太，院子里没人注意苏丝黄哪天搬走的。那天雨下得很密，周老太太站在厢房前送苏丝黄走。院墙上几朵零落的凌霄花依然不知倦地绽放着，苏丝黄的身影从那藤蔓处消失了。

老城的四合院很好往外租的，没几天，就有新的房客来租住了。在清扫屋子的时候，那人从地上拾起了一支垂着红丝坠儿的紫竹笛，长长的，中间有一环黄铜接口，上面刻着一个"汤"字。他拭了一下灰尘，然后又插到青花瓷瓶里。还挺雅致的。

那几天，雨依然绵绵地没个停的样子。大暑过了，该到立秋了吧，电视里新白娘子的传说才刚刚演到水漫金山。

木手镯

○王奎山

前不久，乡下的本家三哥打来电话，让我无论如何回去一趟。我问他有什么事，他说是王辉的事——王辉是三哥的儿子。我说王辉有什么事，他说，丁卡子想把他闺女说给咱王辉。丁卡子是我们那里的村长，家里开了个预制板厂，是远近闻名的企业家，还是县政协委员。我说，这是好事呀。三哥说，唉，谁说不是好事呢，可让我办得不美气。我问他怎么了。三哥说，这一年多王辉在南方打工，一直没有回来。丁卡子那边一提这事，我觉得是天上掉馅儿饼的事，也没给王辉通气，就一口应承下来了。丁卡子一见咱这边怪爽快，就说干脆把结婚证给办了。就这样，由丁卡子到乡里把结婚证给领回来了。领了结婚证，三哥才打电话让王辉回来。谁知道王辉回来一听就火儿了，死活不愿意。还说，宁可打光棍儿，也不寻丁卡子的闺女。我说，三哥，你这事办鲁莽了。三哥说，我知道办鲁莽了，可乡下不都是这样办的吗？再说，人家丁卡子是啥家儿？能看上咱王辉，是他八辈子的造化。我说，这是你自己的看法，至于王辉是不是也这样看就很难说了。三哥说，谁说不是哩。如今的孩子，猜不透。我说，他王辉态度那样坚决，肯定有原因，弄不好他外面有人。三哥说，你回来一趟劝劝他，他听你的。他平常就喜欢读你的文章。

这里得介绍一下王辉。王辉长得浓眉大眼、唇红齿白，很招人喜爱。上初中的时候，本来成绩很好。但初三那一年，班上有个女生给他递纸条，两个人私下好起来了。这样，王辉的成绩一落千丈，连高中也没有考上。三哥找到我，让我想办法。正巧，我一个学生那一年到二高当校长，王辉就到二高上学去了。二高跟一高比，各方面都差一大截子，再加上学校风气不好，王辉虽然也努了力，最终却没能考上大学。

接到三哥电话的第二天，我就回乡下去了。班车下了107国道，拐向乡里公路的时候，上来了一个乡里的干部。那干部我认识，两个人就说起了话。一来二去的，就谈起了王辉的事。丁卡子，那乡里干部自然认识。于是，我就从头到尾把这事说给那乡里干部听，乡里干部也热烈地发表他的意见。车上的人，也都认真地听着我们两个人的交谈。

走着走着，突然有人叫停车，车就停了下来。这时，一个女孩走到车门那里，却并不下车，而是伸手拦下了迎面而来的一辆班车。当对面的那辆班车停下来后，女孩突然转过身，来到我面前，从手上取下一个土黄色的木手镯，递给我说，叔，你把这个交给王辉，就说我在县城山河宾馆等他。说罢，女孩冲我鞠了一躬，扭头跳下班车，又上了对面的那辆班车。

我们的车开了。

对面的车也开了。

这猝然发生的事，把我弄得愣在了那里。我盯着手上那个土黄色的木手镯，半天说不出话来。

许久，那乡干部说，哈，女主角出现了。

我点了点头。

乡干部又说，听口音，像是南阳人。

也有人表示不同意见，说是洛阳人。

我明白自己应该怎么办了。

穷人节

○周海亮

去国外某地旅游，恰好遇上当地的穷人节。

穷人节？仅这名字，就令人顿生好奇，倍感亲切。穷人节的主要节目，便是扭秧歌。我想这也贴切。我生活的那个城市，有钱人去歌厅舞厅，去酒店健身房；穷人们随便找个广场，大喇叭一响，秧歌扭起来，倒也自娱自乐。看来秧歌并非是中国穷人的专利，全世界无产阶级都喜欢扭秧歌，只是动作稍有不同罢了。

秧歌队扭过来了。队伍的最前面，几百名流浪汉腰扎彩带，头系红绸，组成整齐的方队，声势浩大。也难怪他们高兴，流浪汉终于得到重视，迎来属于自己的节日，怎能不开心呢？更何况，最为关键的是，当秧歌扭完，每人都能够得到一杯免费的热咖啡。

紧随流浪汉的第二方阵，便是我们常说的穷人。他们的方阵最为复杂，有待业者、失业者、工薪阶层，也有破产企业主。可是不管如何，从穿戴上，一眼便能看出他们是穷人。比如某人穿了件名牌上衣，裤子却是地摊货；比如某人虽然一身名牌，但鞋子只值十块钱；比如某人穿着一套价值不菲的西装，却只系着三块钱一条的腰带。更重要的是，他们全都挺着一种"贫穷"的表情。那表情卑微低下，恰好证明着一种身份。总之人的贫穷是掩饰不了的。还好，这个城市的人们并没有掩饰，一万多人的巨型方阵，便是证明。

然后，便是由白领和小商人组成的方阵。我想他们应该属于这个城市的中产者，怎么也把自己当穷人呢？拽住一个问。那人说，什么中产者？我们穿不起大名牌，吃不起大酒店，开不起好车子，买不起大房子，我们是城市真正的穷人！我告诉他，前面有人甚至吃不饱饭，你跟他们比，算是富翁了。他听了，反驳说，我可不这么看。何谓穷人？买不起想买的，得不到想得到的，便是穷人。

　　再往后，我就彻底看不懂了。如果说第三个方阵还勉强算得上穷人方阵的话，那么组成第四个方阵的那些人，一看便是成功人士。他们的方阵由二百多人组成，多大腹便便，仪表堂堂，穿戴讲究，甚至方阵里缓缓行驶着很多名牌轿车。

　　我混进他们的队伍，三扭两扭，很快跟一位戴了十个钻戒的中年男人混熟。我问他，难道你也是穷人？他一边扭，一边点点头。我说可是你看起来很阔绰啊！他说，看起来很阔绰？当然，我有一家很大的公司，固定资产上千万，光轿车我就有十几辆，看起来的确很阔绰。可是你不知道，我公司的贷款和欠款加起来，足有三千万之多啊！我说，那就是说，你不但不是千万富翁，还是两千万"负翁"？男人点点头，扭得更欢。看来，这个方阵里的所谓的成功人士，远比前几个方阵的人更像穷人。

　　可是接下来的由不足百人组成的方阵，却是真正的富翁。我问过几个人，他们的净资产都有几千万上亿元。这就很奇怪了，他们是这个世界真正的富人，他们应该过富人节而不是穷人节啊！将不解跟其中一人说了，他笑笑说，仅从资产上说，我们的确算得上富人，可我们缺的是自己的时间啊！

　　缺时间也算穷人？

　　当然。他说，你们可以喝闲酒，聊闲天；可以逛公园，看电影；可以用一个下午的时间喝掉一杯咖啡，读完一本书。我们呢？我们恨不得把自己劈成两半来用，把一分钟掰成两分钟来用，我们努力工作，拼死拼活，到头来，为了什么？

我刚刚退出"穷人富翁"方阵，秧歌队伍的最后一个方阵便闪亮登场。那是最为奇异的方阵，他们表情各异，穿戴各异，甚至有人光着膀子。再细看，竟能从他们的脸上看到工薪阶层的影子，白领阶层的影子，单位领导的影子，无业游民的影子，百万富翁的影子。很显然他们没有按照要求站到本应属于他们的方阵里，他们彼此开着粗俗的玩笑，有人甚至大打出手。

我小心翼翼地跟一个看似领导的男人搭上话。

你是穷人？

我是穷人！

你为什么这样看？

我不知道！

不知道？

不知道！但我就是感觉自己是个穷人！说到这里，他骂出一句粗话。另一个年轻人骂骂咧咧，冲他晃晃拳头。他二话不说，冲上去就是一脚，两个人便扭打起来。

他不知道为什么感觉自己是个穷人，但是我知道。他们成功或者不成功，有钱或者没钱，有地位或者没地位，有时间或者没时间，有文化或者没文化，都无关紧要。重要的是，他们没有素质——做人最基本的素质。我想这个方阵里的人都是如此。那么，他们是这个城市里彻头彻尾的穷人。

我想告诉你的是，这个秧歌队伍，由两万五千人组成。而这个城市，区区两万五千人。

我只是游客，不是小城居民。然而那天，我想，也许我也该跟随他们的队伍，扭一把穷人节的大秧歌。

捆绑上天堂

○韩昌元

　　周一一躺在医院的病床上之前，他的病情就连老专家都感到头痛。开始是这样的，周一一反复说梦话。之所以说梦话那是因为在别人看来周一一所说的话全都是虚幻，现实中根本就不存在。周一一发病时就恐惧地握住妻子的手说："快，快把我身上的绳子解开，快点啊！我全身都被绳子勒青、勒紫了。"周一一的妻子就摇着头无奈地说："什么绳子啊，你到镜子前好好看一下，你身上根本就没有什么绳子，要我怎么解？"周一一走到镜子前更是不可控制，他几乎发疯般地跪在地上，然后双手不停地乱扯，嘴里还气愤地说："为什么要捆绑我？妈的，滚开！滚开！"

　　周一一的妻子看到他如此模样便抱着两岁的女儿哭了起来。她不知道该怎么办才好，在她的潜意识里周一一一定是病了，而且还病得不轻。眼下，家里刚刚按揭买了房子，首付10万元，每个月还1000元钱，10年还清。这才第二年。她和周一一在结婚八年后双方都已三十多岁时才要的孩子。其实周一一是不想要孩子的，不是说周一一是个怪人，只是周一一觉得妻子已三十多岁了，生育有危险不说，负担也是一种说不出的痛。但幸福让周一一都没想好怎么庆祝就降临到他的身上，妻子顺产生下一个漂亮的女儿，还按揭买了房子。所以周一一说，面朝老婆，春暖花开！

　　周一一的妻子擦拭了一下眼泪便带周一一去了市立医院。她挂的是一位六十多岁的老专家的号，老专家戴着深灰色的大框眼镜。当他听周一一的妻子诉说周一一的病情时，他迅速摘下了大框眼镜说："先去查视力，最有可能的就是视力问题，然后再查心脏、脾、肾、肝……反正总有地方是有毛病的！"周一一的妻子带周一一该化验的都化验了，该透视的也都透视了，但是所有的检查结果都表明周一一非常正常和健康。老专家翻看了一堆化验单后很无奈地说："我的孩子，这就怪了！"老专家一说完立刻意识到什么，于是便很真切地想到了该让周一一住院，这样可以继续观察他的病情。

在医院里，周一一虽然每天都接受老专家的治疗，但病情依然没有好转。周一一每天都恐惧地向妻子、护士和老专家发出呼救，希望他们能帮他解开绳子。但无论是妻子、护士还是老专家都像哄小孩子似的哄周一一，他们把双手放在周一一的身上，做了一番解绳子的动作，然后就说，好了，所有的绳子都给你解开了！这样持续下去，周一一的病情不但没有好转，反而愈来愈严重。所以有经验的老专家很悲悯地对周一一的妻子说："很抱歉，真的尽力了，我们已无能为力！"

对老专家的这句话，周一一的妻子的直接反应就是抱着两岁的女儿大哭一场，然后把周一一接回家去。

周一一终于回到了家里，跟去医院治疗之前的最大区别就是，周一一说话的声音明显小了，心跳缓慢了。周一一的妻子把周一一的亲人都叫了过来，她想：有亲人在周一一的身旁，即使再多的绳子捆绑住了周一一，他也不会感到恐惧。

就在亲人们等待周一一闭上眼睛的时候，周一一所在的城市以墓园中的墓穴空缺为由，颁布了一项规定：因本城市墓穴空缺，不允许有人死亡，否则后果由死者自己负责。周一一的妻子对此规定虽然很气愤，但也只有无奈。因为现在很多人买墓穴和买房子一样在抢购，一个墓穴炒到了10万，这样好的行情是不会有空闲、便宜的墓穴留给周一一的。除非周一一有钱，花上个15万从别人手中买到一个墓穴。但问题是，现在家中按揭买的房子还要还款八年多呢。于是，当周一一再次用微弱的声音向妻子发出呼救解开绳子时，妻子就立刻斥责道："你这个昧良心的家伙，你只想着让别人给你解绳子，你倒好，什么也不知道，什么也不用操心了，可是我呢，可让我们娘儿俩怎么活啊?"

和周一一的妻子一样哭得很伤心的亲人们突然之间想到了可以让周一一死的办法，那就是等周一一火化后把他的骨灰盒带回农村老家去埋葬，农村的土地多，不用花钱去买墓穴。这个方法提出后，几乎所有的人都同意了，包括周一一的妻子。

周一一在一个深夜终于闭上了眼睛。当人们发现他的时候，身体早已僵硬，他死于半夜，即使守护在他身旁的妻子也是天刚亮的时候才发现。周一一死的时候，全身赤裸，一丝不挂，即使刚换洗的内裤也被周一一撕破了。见此情景，周一一的妻子很欣慰地说："他终于可以解脱了。"

一相情愿

○ 张晓林

蔡京站在金丝笼前，给一只鹦鹉喂蟹黄。此刻，他的脸也呈蟹黄色。

蔡京一边喂鹦鹉，一边在生一个人的气。他真的没有想到，上午在西池的时候，林摅会说出那样一句话！

林摅，字友龙，江苏扬州人，徽宗时期书法名家。《宣和御览》录其书法两件，酷似王献之，而又掺以颜真卿笔意，颇可观。最初，林友龙是以诗词名重一时的。他的诗棱角突兀，想象奇诡，多为讽世之作。

蔡京与林摅结识，就是因为他的一首诗。

宋哲宗元五年，蔡京被贬为扬州太守。初上任的那些日子，他的心情很不好，为发泄内心的愤懑，他治理扬州很严厉。扬州百姓凡因家长里短、鸡毛蒜皮有了口角争执来州衙告状的，只要蔡京看着不顺眼，就先让衙役各打二十杀威棒再断里表。不长时间，来告状的人少了，扬州一派太平景象。然而，老百姓暗地里都大骂蔡京为蔡大虫。

不久，街面上就流行起一首诗来，讽刺蔡京的做派。这首诗的诗名很滑稽，叫《啄木鸟》。其中两句是"吴楚园林阔，茫茫争奈何"。蔡京读了这首诗后，半晌没有言语。自此，蔡京收敛了许多。

林摅也在民间落下个"林啄木"的绰号。

有一天，蔡京游庙山，又读到林摅题庙山仙居的一对诗联："庙山仙居无多景，只有黄鹂三两声。"大为赞赏，回州衙后让当地画家画了一幅画，并在上面题跋云："此是林啄木题庙山诗联意，大雅，可资酒兴也。"

随即派人把这幅画和一只金酒杯给林摅送了过去。

蔡京放不下林摅了，他多次在人前人后说："林友龙真乃奇才也！"

崇宁初，蔡京拜相。他没有忘记林摅，特意修书一封，把林摅请到京城，在蔡府做了一名幕僚。

过了一阵子，蔡京瞅了个机会，又把林摅举荐给了宋徽宗。徽宗召见林摅的时候，却出现了一点小曲折。林摅有个毛病，一紧张就结巴。在集贤殿，宋徽宗问林摅："你字友龙，龙是什么？龙是天子，是皇帝，是朕，你倒是说说看，你怎么个与朕做朋友法？"林摅紧张万分，大汗淋漓，半句话都说不出来了。也不知是怎样走出集贤殿的，直到蔡京扯他的袖子，林摅才如梦初醒。蔡京问："赵官家可满意？"林摅涨红了脸，半天才说清当时的情景。蔡京轻轻一叹，说："这个不难对，你为什么不对'尧、舜在上，臣愿与夔、龙为友'？"林摅无言。

几天后，蔡京再次举荐林摅。宋徽宗又一次召见了他。这一次，徽宗让他谈谈对《大晟乐》的看法。林摅又一次紧张了，稀里糊涂答了一句话："讹。"徽宗茫然。"讹？讹是什么意思？"这时，蔡京求见，走进殿来。徽宗见到蔡京，又问蔡京道："蔡爱卿可知'讹'是什么意思？"蔡京瞅了林摅一眼，不慌不忙地回答徽宗："江南人唤'和'为'讹'，友龙的意思是说《大晟乐》是主'和'的，是一曲太平盛世的颂歌。"徽宗高兴地点点头，说："好，答得好。朕听说林爱卿正直敢言，那就去御史台谋个差使吧。"林摅就去御史台当了个御史台知杂事的小官，负责起草一些无关紧要的公文。

到御史台之后，林摅很快学会了东京官话。有一天，蔡京在蔡府宴请林摅，让他代为起草一篇贺表。林摅搦起一管紫狼毫，略一思索，笔走龙蛇，一篇贺表就水墨淋漓地呈现在了蔡京面前。蔡京读完此表，拍案叹服："真是一篇奇文啊！"忽然，蔡京的目光停留在一句话上："众非后何戴，率倾就望之心；无不尔或承，永怀畏爱之德。"蔡京说："这句话不好，'无不尔或承'对'众非后何戴'似乎偏枯了，如若改成'臣不命其承’就亲切易懂了。”

林摅不同意。他说：“宰相的‘臣不命其承’胜‘无不尔或承’何止千倍。但不能改，一改文章风格就不统一了。”

蔡京默然。

这件事过后不长时间，林摅又替蔡京作了一篇《天神示现表》。蔡京读后，说：“国家昌盛，友龙之文，真为时而出也。”

林摅笑笑，脱口诵出一联：“畴昔不命其承，抑云过矣；今日为时而出，厥有旨哉？”

蔡京闻言，看着林摅，脸上闪过一丝不易察觉的厌恶。

底下，蔡京的门客说：“林友龙太张狂，宰相把他撵回扬州去算了！”

蔡京摆摆手，一笑作罢。

宣和五年农历二月，蔡京举荐林摅出任御史台御史。蔡京门下都大惑不解。林摅上任的第二天，蔡京在西池为他设宴接风。

席间，蔡京去小解，忽然失足跌落水中，他在水中扑腾了好大一阵子，喝了三五口冷水，才被众人救出。

林摅走过来，看着湿漉漉的蔡京，笑着问：“不知宰相肚里的文章湿否？”听了这话，不知是气的还是冻的，蔡京突然抖得厉害。

那天下午，当蔡京站在蔡府大椿树下的金丝笼前喂鹦鹉的时候，他的的确确是生气了。可是，第二天一走出相府，蔡京便面带微笑地给林摅送去了一幅颜真卿的《赠友人葛干帖》，并与林摅掌而谈至日暮。

蔡京的门客彻底迷惑了，私下问蔡京：“难道宰相一点都不厌恶‘林啄木’吗？”

蔡京的脸阴暗下来：“我是想让世人看看，啥叫‘宰相肚里能撑船’！”

但是世人没有看到这一点。在他们的眼里，蔡京依然是一副奸臣嘴脸。

张山的烦恼

○范子平

张山上班，刚走到走廊上，忽然看到地上有一张红色的百元钞，拾起来看看，还有水淋淋的鞋底印儿。张山抬眼一看，正好走在前边的吴局长也看他，他顿时心里一动，自己正在要求进步，得事事让局长高兴。于是喊着局长双手奉上："局长，您掉了一张钱。"谁想局长接过看了看，问："这是从我口袋里掉出来的?"张山就觉得不好回答，支支吾吾地说："好像是吧。"局长往深处掏了掏钱包，轻轻摇摇头："我的钱包在里边，没掉钱。"

张山顿时张口结舌，直想打自己嘴巴：是呀，正在上班时候，人来人往的。我怎么没想到这一点，要是局长接住了钱，别人看到会怎么想，难道局长是丢三落四的人吗?

张山两根手指捏着那一张钞票，灰头土脸地往办公室走去。签过到后告诉办公室主任："主任，我拾到一张钞票。"主任正在给副主任交代一件什么事，漫不经心地说："先放桌子上，中午咱办公室的人集体吃烩面。"张山就将钱扔在桌子上，开始擦桌子。这时，除了主任、副主任，办公室的人都一起下手，有的拖地有的收拾东西有的打水，张山擦着桌子抬眼一看，那张百元钞不见了！张山顿时吃了一惊，又往旧报纸堆里找，又往桌下墙角找，都没有见到。他想吆喝一声谁见到了这张百元钞，又想，自己正在要求进步，要是一吆喝，好像是办公室里有贼，那拿了钱的既拿了就不会承认，没拿的觉得自己无缘无故受了冤枉会很不高兴，说不定推选时就会不投自己的票，还是算了吧。可是刚才已经说过了，办公室主任还说要办公室的人集体吃烩面，到时候又说丢了，谁会信？自己又没有离开办公室。可是钱不见了又该怎么办？想来想去，只有自己口袋里的三百元钱了。平时自己的工资老婆死死控制着，只有这三百元钱加班补助费还没有交给老婆。他忍住心疼，从内衣口袋里慢慢拽出一张，扔到办公桌子上。

办公室主任此时正好进来，捏起那张钱，说："上午又叫跟局长去开会，吃不成烩面了，咱们干脆去买条香烟吧。"张山不抽烟，他想还不如买面包，分了面包还能带回家给儿子吃。但是主任既说了，还是买香烟吧。

张山委委屈屈地把一盒香烟装进口袋，歪起脑袋正要想些什么，通讯员说局长叫他。他进了局长办公室，局长亲自为他斟茶，一时间真叫他受宠若惊。还没回过神来，局长发话了："张山，刚才我还以为那一百元不是我的钱，进了办公室一摸上衣口袋，还真是丢了一百块。是上厕所丢的吧。"

张山一下子愣了，他想说一百块已经买了烟，可是看着局长又慈祥又威严的目光，他又有点慌，既然真是局长的钱，自己怎么让去买了烟？难道能把办公室主任供出来？办公室主任不恨自己？自己正要争取进步，不能让局长不高兴。想来想去，他万分委屈地从口袋里又掏出一张百元钞。局长伸出两个指头，夹住钱塞进自己的口袋。张山顿时有一种空落落的感觉。局长拍拍他的肩："好好干，咱局都知道你是老实人。"局长的巴掌厚厚的柔柔的暖暖的，张山心里又产生一种感动：妈的，赔这一百块，不，赔这二百块，值得！为了以后的进步。

心里一有这种美妙的想法，头脑就晕乎乎的，头脑一晕乎，脚步就飘飘的，一飘一飘不知怎么就到了家。刚刚关上防盗门，老婆就狮子似的一声吼：前天我让你去买"靓美"洗发膏，买哪里去了？

张山一愣："买'靓美'?"老婆怒道：又是忘了！把我的一百块钱给我！说着一只巴掌伸过来。

张山想了半晌，这才意识到在办公室走廊拾到的钱其实是自己的钱。这才真是"赔了夫人又折兵"呢，可是现在敢说这些吗？于是只好抖抖索索将自己加班的收获——兜里最后的一张百元钞掏出来，奉献给夫人了。

水 怪

○申 平

旱，大旱，连年的大旱！

小河干了，大河干了，最后轮到了莫里湖，莫里湖的水也要干了。

人们的好奇心非常强烈。尽管人畜饮水都成了问题，但是大家还是不断往莫里湖那儿跑，人们在等待一个多年的秘密、一个惊天的秘密的揭开。

这个秘密就是关于水怪的传说。莫里湖这一带的百姓，人人口中都有一个有关水怪的版本。有说是一条黑龙的，有说是两条恐龙的，有说是一条鱼精的，还有说是外星人的。百姓们言之凿凿地说：每到夜深人静或者阴天下雨，他们就会听见湖里发出惊天动地的吼叫声。那吼声非驴非马，非虎非熊……根本说不清那是一种什么叫声，令听者头皮发麻，肝胆欲裂。直到湖里有人淹死或者有大牲畜失踪，这叫声才会停歇一段时间。

这一回，终于可以知道水怪到底是个什么东西了。

天继续旱着，湖里的水每天都在减少。许多人不但不心疼，反而盼望水早日干涸。

随着湖水的减少，人们突然发现有大量的鱼虾蚌蟹暴露出来。如此美味，不抢怎的！于是大家似乎一下子忘了水怪的事情，人人趋之若鹜，个个奋勇争先，开始起早贪黑去水浅的地方"狩猎"。

水在继续减少，捕获的水族越来越多，越来越大。消息不断传开，成千上万的人开始向莫里湖聚拢，一心要来这里分上一杯羹。水利部门很快采取了限制行动。他们派出人员在周边警戒，不许百姓再去捕捞。一是害怕发生危险，二是想保护仅存的鱼虾。

结果已经暴露出来的鱼虾很快臭了，鱼虾的臭味随热风飘出很远。老百姓就骂：他妈的！这些人宁肯让鱼虾臭了，也不让我们吃。他们的良心叫狗吃了。打个狗养的！于是，警戒人员遭到了人群的围攻，有几个竟然被打得头破血流。

水利部门马上报警。警察来了，仍然无法制止抢鱼的浪潮。一些大胆的村民夜里组织起来，偷偷摸摸地到湖里打鱼，收获颇丰。据说，有人捕到了上百斤的大鱼，一条鱼就卖了几万块。结果人们更疯狂了。每到夜深人静，莫里湖边便人影幢幢，人们为了照明并给自己壮胆，居然跑到湖边的山上去砍伐树木，在湖边燃起熊熊大火，一堆连着一堆。莫里湖白天被日头晒着，夜晚被火堆烤着，不消半个月就完全干了，而且周围的山也被殃及，树木全被砍光了。

昔日美丽的湖泊变成了一片乱石纵横的沙滩。有风吹过，卷起阵阵沙雾。山峦更是一片荒凉死寂，甚至连一声鸟叫声也听不到。

直到这时，人们才突然想起水怪来。对啊，既然湖水都干了，那么水怪呢？怎么没有见到水怪呢！

于是，人们就开始互相追问，你见过水怪吗？你抓到了水怪吗？

你摇头，我摇头，他摇头，大家全都摇头。真的呢，光顾抓鱼了，怎么竟然把水怪给忘了呢。

不过，人是最会自圆其说的。很快就有几个新的版本在流传了。有说水怪带着水飞走的；有说水怪钻入地下的；有说水怪那夜大吼了三声，闪起一道火光，从山上奔腾而去的——不信你看山上的树木，都被它奔跑时拖光了……

莫里湖就这么永远地消失了，水怪也随之永远地消失了。至于水怪到底是个什么东西，好像谁都知道，又谁都不知道。

神 掌

○刘万里

二杆子是个闲人，但名气很大，他的出名在于他打架凶、赌博狠。后来，二杆子顶替父亲的班，在金矿当了一名工人。自他当了工人后，就改掉了一些劣习，开始正正经经地做人。

一天，管工业的胡县长来金矿检查工作。检查完毕，胡县长看到一个人的背影很像他曾经的同事刘局长，胡县长爱开玩笑，就悄悄走上去，狠狠在那人肩上拍了一巴掌。那人生气地回过头，胡县长一看是二杆子。二杆子本来要张口大骂，一看是胡县长就嘿嘿笑了起来。

胡县长知道自己认错了人，好在他认识二杆子，他就将错就错，非常关心地问候起了二杆子的生活情况，二杆子有点受宠若惊。最后胡县长说："哪天有空，到你家讨杯酒喝。"二杆子说："没问题，就怕您不来。"胡县长说："一定来，一定来。"然后两人握手道别，就像老朋友似的。

这一幕都被金矿的厂长看在眼里。

二杆子回家后想了整整一个晚上都没想明白，胡县长为啥这么关心我，甚至还要来我家喝酒？说不定胡县长哪天真的来了。既然喝酒，招待胡县长总不能喝一般的酒吧。第二天，二杆子就用自己多半月的工资买了一瓶够档次的名贵酒。酒买好后，他就天天盼胡县长来。胡县长没盼来，却盼来了厂长。

厂长扫视了一下二杆子简陋的旧房子说："这次单位分房，论资排辈，本来没有你的份儿，但经过我的极力争取，决定给你分一套。"

二杆子有点不相信自己的耳朵："厂长，你说什么？"

厂长又重复了一遍，二杆子高兴得差点要给厂长下跪了，就因为这房子，他谈了几个对象都吹了，人家都嫌他没房子。如今有了房子，他就可以谈婚论嫁，成家立业了。

厂长说："你跟胡县长的关系不错吧？"

二杆子嘿嘿一笑："一般，一般。"

厂长笑了笑，拍了拍二杆子的胸说："小伙子，好好干，前途无量啊。经过我们研究，决定提拔你为4号金船的船长，不知你有没有信心？"

二杆子做梦都想当船长，他立即高兴地答道："没问题。"

第二天，二杆子就走马上任了。当上船长后，他工作兢兢业业，连双休日都扑在工作上。

年终评比五只金船的产金量，二杆子所在的金船名列第一。二杆子名正言顺成了先进工作者。

一年后，胡县长在厂长陪同下又来金矿视察工作。二杆子在一旁见了胡县长就格外激动和亲切，可以说他如今取得这么好的成绩跟胡县长有很大的关系，他突然决定要拍一拍胡县长的肩，并且问问胡县长为啥没去他家喝酒。因为激动，二杆子连脏手都没洗就悄悄溜到胡县长背后。胡县长正在认真听厂长介绍一台进口的机器，二杆子就在这时在胡县长肩上重重拍了一巴掌，胡县长一个趔趄，哎哟叫了一声。

陪同的人都笑了起来，因为他们都知道二杆子跟胡县长关系很铁。

唯独胡县长没笑。

这时，二杆子突然直呼县长的大名："胡太平，你说话不算数！"二杆子因激动，声音有点变形，使人听了很不舒服。

胡县长满心的不悦，但没表露出来，只是哈哈笑了几声。刚好有人叫二杆子接电话，二杆子就笑哈哈地走了。胡县长拍了拍肩上的土问厂长：

"刚才那个穿着脏衣服的人是谁?"

厂长说:"你不认识? 他就是二杆子!"

胡县长说:"这人怎么这么不懂礼貌,不识抬举,真是一个二杆子。"

几天后,厂长找了一个借口罢免了二杆子,接替二杆子的是另一个被胡县长拍过肩膀的人……

无言的骡子

○相裕亭

　　冬日黄昏，太阳像个霜打的红柿子，软蔫蔫地落下了。可那会儿万顺大叔正起劲地赶着他的骡子，从村东的水泥制板场又拉来满当当的一车水泥板子，精神抖擞地奔着这边公路赶来。他的儿子——一个长出小黑胡子、个头儿比万顺大叔还要高出一头的大小伙子，这阵子可能还在为刚才与父亲的争执而不快——远远地跟在后面，好像前面的车和车上的水泥板子与他无关。

　　万顺大叔看儿子那副熊样，不想答理他。万顺大叔想拉完这一趟，返回来再跑一趟。可儿子不那样想，儿子想拉完这一趟，就收工回家。他和西巷的三华子约好，晚饭后要去城关找朋友玩。

　　可父亲不让，父亲说："今晚得把九更家的楼板送齐了。"

　　儿子说："明天再送不行吗？"

　　父亲说："明天还有吉庆家的、小套家的等着哩！"

　　小村腊月，外出打工的人都回来了，好多人家都选这个时候盖新房。万顺大叔为了揽下这送楼板的差使，专门在水泥制板场请了酒席。这阵子正忙得不可开交，他巴不得眼前的骡子能变成一匹马，一匹能多拉快跑的骏马才好哩！可他这个不争气的儿子正好与老子的想法相反。这小兔崽子，从小到大，一天力气活儿没干过，整天当个宝贝一样疼着他惯着他，把他惯坏了！而今，干什么都没有长进，见天就知道和三华子伙在一起四处疯玩。

　　万顺大叔不想跟他啰唆，套上骡子，如同身边没有这个儿子一样，愤愤然地赶着车，前头走了。儿子看父亲拿他无所谓，他本不想跟父亲走，可也不敢离去，就那么很无奈地跟在父亲后面，如同无事人似的。

　　眼看，前面就是村路与公路的交叉口。那儿，有一个看似很不起眼的陡坡。但是装满水泥板子的骡子车爬上去很不容易，尤其是公路上浇灌了水泥板道以后，明显高于那条横向而来的乡间土道。

　　好在，万顺大叔的骡子爬过这个陡坡，知道在什么时候加劲，什么时候瞪起眼来爬坡。万顺大叔也相信他这老伙计有那个能耐。但他，在骡子加速的那一刻，还是下意识地回头瞥了儿子一眼，万顺大叔想让儿子快点儿赶过来，在后面用力推一把。看儿子那副蔫不唧的熊样，万顺大叔气不打一处来！他一咬牙，扬起鞭子，嘎，嘎！两声空响，给了骡子一个爬坡的信号，那骡子立马陡起耳朵，蹄下生风，扬起一片烟尘。万顺大叔在那烟尘中，随之弓下腰，一把拽住车子左边的护栏，瞪圆了眼睛，与骡子奋力冲向陡坡！

　　万顺大叔想在儿子面前显显他的能耐！他想正告儿子：你个小兔崽子，少在老子面前耍横，老子没有你来做帮手，照样能把这车水泥板子拉上坡去！往常，儿子不在的时候，万顺大叔与他的骡子确实那样爬过。

　　可今天，那头骡子跟万顺大叔跑了一整天。一天中，每一车的水泥板子都装成小山一般高。这会儿，那骡子可能是体力不支了，万顺大叔抓住护栏的那只胳膊已经帮骡子下足了力气！可那骡子，偏偏在前蹄踏上公路的一刹那，打了一个前踢，就听"喀嚓"一声脆响，双膝跪地了。随之，车上的水泥板子往前一倾，当即把骡子压趴在地上了。

　　万顺大叔扬起鞭子，想让骡子站起来，快站起来！万顺大叔猛抽了骡子一鞭，声嘶力竭地扯嗓高喊："驾，驾！"

　　走在后面的儿子，看到前面发生了意外，一个箭步蹿上来，跳到车子的尾部，想以他身体的重量，来平衡骡子背上的压力，企图帮父亲，或者说是帮骡子重新站起来。

父亲看到儿子的举动，心中虽有些暖意，可他仍旧面无表情。但，接下来，父子俩配合得十分默契，就在儿子纵身跳上水泥板车的一刹那，万顺大叔"叭"的一声鞭响，正抽在骡子的脖子上，给了骡子一个死命令，让它站起来！

骡子极有灵性，随之划动四蹄，想站起来，但它并没能站起来。这期间，万顺大叔又是重重一鞭，这一鞭，狠狠地抽在骡子的耳根部，这对于骡子来说，是无情的抽打，是凄惨的抽打！与此同时，就看那骡子瞪直了眼睛，从肚皮底下伸出一条后腿，划动了一下，没有找到支撑点，但它的两条前腿却神奇般地支撑起来，随之另一条后腿也颤悠悠地支撑住了。可，就在万顺大叔拽紧了缰绳，强迫骡子往前迈步时，就听"扑通"一声响，骡子再次重重地倒下了。

万顺大叔扬起鞭子，还想抽打它，只见那骡子脖子一软，鼻孔里呼出长长的一团热气，两行浑浊的泪水，如同两条蠕动的蚯蚓一样，顺着它眼窝的黑线，汩汩流下来——那骡子的一条后腿，被顺势而下的水泥板子给撞断了。但，骡子无言，无法诉说它的腿断了，辜负了主人的期望，它在主人的皮鞭下，深深地把头戳在地上了。

这时候，儿子从后面过来，想看看前头的骡子到底怎么了，没料到，此刻，正蹲在地上与骡子"对话"的万顺大叔，抹着骡子的热泪，莫名其妙地扬起鞭子，冲着儿子，劈头盖脸，"噼叭噼叭"地打来。

阿　紫

○吴卫华

　　"吃在扬州，死在柳州"，意思是说扬州是人们吃喝玩乐的地方，柳州则是人们死后的好归宿，因为柳州的棺材闻名天下。

　　清朝时，"苏记寿材铺"在柳州极有名气，掌柜苏迈进经营的多是上等棺材，其中不乏极品。苏迈进有个叫苏步烟的女儿，长得肤滑脂凝眉目生情，是当时的美人儿。只因为家里做的是卖棺材的晦气生意，大富大贵的人家不愿意上门提亲，而那些小户人家，苏迈进又看不上，眼睁睁把苏步烟耽误到了二十五岁还没有婆家。

　　那年，苏步烟出城到姑姑家走亲戚，回来时天已傍晚，当她坐着的轻便马车走到城郊一座大宅院的门口时，突然无缘无故地断了轮轴。车夫正在束手无策，大宅院的两扇朱漆大门沉重地打开了，从里面走出一位衣着华贵的美妇人，问明情况后，邀请苏步烟进里面坐坐。苏步烟看除此一座宅子外，前后再没有人家，那美妇人又温婉和善，就让车夫回家换车，她跟美妇人走进了大宅院里。

　　大宅院里的房舍很气派，廊回柱立的，一看就是大富大贵的人家。美妇人请苏步烟进入客厅坐下，客厅内银灯高掌，一片金碧辉煌。苏步烟心里疑惑，想不起柳州谁家的府邸会这样奢华。

　　美妇人笑说："我有个侄儿很是倾慕苏姑娘，他现在这里，苏姑娘不妨见见。"苏步烟很是奇怪："夫人认得我吗？你侄儿又是谁？"美妇人大声向门外说："阿紫，你的意中人在这儿，怎么倒不敢进来了？"只见门外进来一个年轻男子，穿着一件乌紫发亮的华贵袍子，眉眼俊朗神态轩昂。初初一眼，苏步烟便觉怦然心跳。乌衣人进来后向苏步烟深深一揖："在下乌阿紫，对苏姑娘渴慕已久。"苏步烟的两颊桃花般绯红起来，顾左右而不语。一旁的美妇人适时笑说："真是慢待了苏姑娘，坐了这么久也没有奉上茶点，我去叫下人拿上来。"说完走出去再不回来。

苏步烟忍不住问阿紫："我从来没有见过你，你是怎么知道我的？"阿紫说："苏姑娘的美貌，整个柳州城都是知道的。"苏步烟更是含羞："外人谬传妄议罢了。公子府上是哪一家？这儿又是谁家宅邸？"阿紫说："我家姓乌，这里是我姑姑家，姓王，姑夫在世时曾做过尚书。"接着，两人又说到了琴棋书画。阿紫那典雅的贵胄气质，让苏步烟渐感心意迷陷。

两人正说着，外面传来一阵拍门声，原来车夫另换了马车来接苏步烟了。阿紫的姑姑出来送苏步烟，笑说："苏姑娘要是对我侄儿有意，就请在家静等媒人上门提亲。"苏步烟红着脸笑而不答。临出府门时，阿紫向苏步烟深施一礼："万望苏姑娘不弃，如果有人唱起'阿紫姓乌，姑娘姓苏。伐木若何？赶造吉屋'，姑娘记住了，那就是我来迎娶姑娘了。"苏步烟虽然觉得这话有些怪异，还是牢牢记在了心上。

一天，柳州城的富户江培基请媒人来苏家提亲了。江培基四十多岁，丧了正头妻子，想娶个填房。苏步烟听后，大是愤恨，一口回绝说："除非这世上的男子都死绝了，我才嫁姓江的。"也难怪苏步烟生气，那江培基除了有钱，相貌实在不堪一提，心气高傲的苏步烟哪里看得上。苏迈进生苏步烟的气："江家这么好的条件你看不上，难道另有王孙公子看上了你？"苏步烟赌气说："父亲只管等着，有个乌家的，不日就会上门提亲，和王孙公子也没有什么差别的。"苏迈进疑惑："这柳州城内哪有什么姓乌的大富大贵人家？"苏步烟不容置疑地说："来了父亲就知道了。"苏迈进将信将疑："那就给你十天时间，乌家不来，一准和江家订婚。"

十天过去了，根本就没有什么姓乌的人家上门提亲，倒是有一家上门订购棺材的，"苏记寿材铺"里那口最上等的棺材，被人用三千两银子出手阔绰地订走了，并说好三天后来抬走。那口棺材，是苏迈进两年前用最好的阴沉木倾力打造出来的，因为过于昂贵，一直停置在"苏记寿材铺"里。

苏迈进责问苏步烟："你不是说乌家的人会上门提亲吗？如今连两年卖不出去的棺材都卖掉了，你还以为自己奇货可居？只能人老珠黄越发嫁不出去。"苏步烟无言以对，默然向壁枯坐。苏迈进断然说："我已经答应了江家，他们明天就来下聘礼。"

第二天上午，江家整整齐齐抬着一二十盒东西送彩礼来了，花红柳绿地摆了苏家一屋子，喜欢得苏迈进都合不拢嘴了。苏步烟却心渐趋死。太阳斜得不能再斜，地上的人影拉到最长时，门外突然热闹起来，送聘礼的队伍排满了一条街，银树金花珊瑚珍珠，各样奇异的宝玩，看得人眼花缭乱瞠目结舌，那排场直逼帝王下聘。

队伍在苏家的门口停下来，苏迈进呆看着眼前的盛大排场，糊涂自己何时攀附了这么一门富贵冲天的亲家。领头的轿子内下来一位美妇人，笑向苏迈进说："苏亲家，我是阿紫的姑姑，这物事排场，你要是满意，我们明天就行大娶之礼。"苏迈进在这贵气逼人的美妇人面前，不及细想只会忙不迭地点头答应。

第二天，苏家忙乱着出嫁闺女，那边"苏记寿材铺"里的伙计，跑来告诉苏迈进说："人家今日来抬乌木寿棺，现在那边等着。"苏迈进很生气地训斥伙计："不是告诉你今日铺子不开门吗？"伙计委屈地说："是你跟人家定下的日子，恰好就在今天。"苏迈进想起有这么回事，而且是个大主顾，就说："让他们绕道抬走吧。"

吉辰到时，乌家声乐仪仗声势浩大地来迎亲了，奇怪的是却不见新娘坐的轿子。大家正在莫明其妙时，却见十六个人抬着一口大寿棺停在了苏家的大门口，那寿棺通体乌紫发亮，上面雕龙刻凤极是华美雄沉，正是"苏记寿材铺"用数千年的阴沉木倾力打造出的极品乌木棺！抬棺的人齐声唱道："阿紫姓乌，姑娘姓苏。伐木若何？赶造吉屋。"

苏步烟早已梳洗妆扮停当，听到歌声后遂明艳惊人地出现在众人面前。这时，沉重的乌木棺不启自开，苏步烟最后看了一眼苏家，从容入棺，棺盖复闭，声乐仪仗拥棺而去，瞬时踪影俱无，众人惊骇失色。

后来有人说，柳州城外有座明朝王尚书坟，相传王尚书的夫人是一个乌木精，那个乌阿紫嘛，嘿嘿，应该是"苏记寿材铺"里的那口极品乌木棺。

吉之刀

○安石榴

谷子和糜子是堂兄弟，搭伙进山发财。

想要发山里财的人，无非四个路子：沙金子，追棒槌，打茸角，割大烟。这的确是来钱的买卖，弄好了一朝暴富。而实际上却是个万难的事情。不要说不容易得，就是得了，也万难带出山来。发财梦十个九空。

先说鹿茸角，俗话说鹿"脑袋顶着金钱桌子，屁股蛋子是肉案子"——浑身是宝。打茸角在春季，万物复苏。鹿本来不是个牙爪的东西，可是保不齐你盯住鹿的时候，老虎、黑瞎子早盯上你了。所谓螳螂捕蝉，黄雀在后啊。追棒槌的人多了去了，你看过几个真的挖到了稀世宝参。在深山老林里偷种大烟，躲开了官家，可是树敌更多。野猪来糟蹋，胡子来掠夺，还有个莫测的年头作怪，弄不好血本无归。那么沙金子呢？不得，风餐露宿毁了身体；得了，同伙眼红心热，祸起萧墙，互相残杀，金子最终还是丢在大山里了。

谷子和糜子是堂兄弟。两个人十进十出大兴安岭，十年时间两手空空。这是他们第十一次进山。照例他们在山脚下的小庙拜了山神，发了誓言：有难同当，有福同享。两个人进山走了七七四十九天，苍天眷顾，这一次终于得了。他们追到一个人参娃娃。两个人因为梦想成真而喜出望外，赶紧星夜兼程往山外奔。又走了六七四十二天，刚好翻过一座山的阳坡。有几块岩石裸露出来，暖暖的太阳烘得石面滚烫，二人美美地蜷在上面睡着了。谷子一身燥热地醒来时，发现自己被五花大绑地捆在岩石上。糜子说，谷子哥，是兄弟对你不起了，你有啥话就说吧。谷子哭了。谷子说没什么可说的，说也没用，你给哥弄点水吧，我不想当渴死鬼。糜子就去给他找水。糜子去了，谷子就哭得更惨了。哭了一阵子，谷子想哭也没用，想辙吧。闭上眼睛假寐。糜子回来了，看到谷子睡了，就摇醒他，纳闷：你怎么还能睡着呢？谷子说，是这样，刚才我哭呢，突然一股青烟，地里冒出个一尺高的小老头来。他说你哭啥？我说我弟弟要杀了我。他说杀就杀呗。我说为什么？他说，上辈子是你杀了你这个糜子弟弟，这辈子当然轮到他杀你了。你也别委屈，下辈子又轮到你杀他了。我说，我没杀糜子弟。小老头嘿嘿笑了，说，你不承认也没用，我有证据。你看到那个鹰嘴状的岩石了没有？它底下有个空隙，那里藏着你上辈子杀糜子用的刀呢！那里风干，刀还没烂完呢。我说你拿来我看，小老头说我才没那闲工夫呢。一冒烟，小老头又钻回地里了。听到这儿，糜子已经一脸的迷惑与恐惧。糜子奔到鹰嘴石下，不一会儿拿回一把烂掉了木柄生满了锈迹的刀。糜子一脸汗水问谷子：你啥意思？谷子说，要杀就杀吧，反正下辈子我再杀你。糜子扑通跪下了，求天求地又求谷子饶恕。两个人最后七天相扶相持走出了大山，卖了人参娃娃，各自娶妻生子，成了殷实的大户人家。

好多年之后，谷子在被窝里搂着老婆讲了这个故事，老婆说，真有小老头？谷子哈哈大笑，瞎掰！那刀是我有一次进山带的刀中的一把，木把劈了。那刀刀身长，没有木把没法用。当时正好走到那儿，就顺手插岩缝里了。后来有几次进山出山没走这条路，走这条路时又忘了这个事儿，刀就一直没取。恰恰的老天助我，最后一次全用上了。谷子停了一会儿又说，按说呢，每次进山出山都是和糜子在一起，他知道这件事，可是彼时必是贪心蒙了明眼了，他竟然没有想起这个事儿。

老婆在谷子的怀里半天没吱声，后来就贴紧了谷子，抬眼望着他，流露出敬畏的神情，说，老爷真是仁义。糜子这样对你，你现在对他也没一个不好。

谷子沉默着，像是没听见老婆说什么。

其实，谷子什么都听见了，只是心里想：在岩石上，我是睡得太实了。如果我先醒来，被五花大绑的人就是糜子了。

光　头

○安　勇

　　石城北街肉铺掌柜王二麻子正专心对付一块骨头，他八岁的儿子王有才跑了过来，挺着小胸脯，郑重其事地说："爹，我想剃个光头。"王二麻子手里的那块骨头不太好剔，似乎是他十几年屠夫生涯中遭遇到的最难剔的一块骨头。王二麻子心里就有些烦，没说行也没说不行，说："你给老子滚一边去！"王有才不想乖乖地滚，父子间就发生了争吵。王二麻子在王有才的屁股上踢了一脚，说："想剃光头，除非我死了。"

　　从此，王有才最大的心愿就是要剃个光头。尽管他一直盼望奇迹出现，但王二麻子的身体在他看来比猪还要健康，丝毫也没有突然告别人世的迹象。十几年来，他只能在梦里拥有自己的光头。

　　十八岁那年，王有才考取了大学，要离开石城到外地去读书。多年来，他第一次感觉光头离自己非常近了。他暗暗地想，到学校的第一件事就是剃个光头。

　　但开学第一天，校长宣布的校规让王有才立刻绝望了——学校不允许学生剃光头。他除了搜集一些光头名人的画像之外，再不敢有什么违规的行动。四年后，当他带着众多光头明星的画像毕业时，他想，我终于可以剃光头了。

　　一切似乎都和王有才的光头过不去，单位的领导是一个非常刻板的人，第一次开会就宣布看不惯年轻人剃光头，穿喇叭裤。虽然多年来王有才对光头的渴望越来越强烈，但他还没有愚蠢到因为一个光头而影响自己前途的程度。

几年后，老领导退休了，但王有才热恋中的女朋友非常讨厌光头男人。王有才用一生远离光头的代价娶回了老婆。多年以后，王二麻子去世了，但王二麻子死与不死都已经不对王有才剃不剃光头产生影响了。

王有才七十岁那年，差一点就拥有了光头。他发现脑袋上的头发开始不断地脱落。遗憾的是，没等头发全部落光，他就怀着此生对光头的遗憾，极不情愿地告别了人世。

王有才走在去西天极乐世界的路上，他唯一的企盼就是来世能剃个光头。佛祖总结了他的一生——他前世一直谨小慎微，既无大功，也无大过，宣布下一辈子他还可以做人，而且他有权选择做什么样的人。王有才说："我想做和尚。"佛祖宽厚地笑了。

一切进行得非常顺利，王有才出生在一个笃信佛教的家庭里。他长到八岁时，他爹说："我送你去当和尚吧！"光头离他真正地近了。

他爹笃信佛教，非常讲究缘分，装了一口袋干粮，领着他上路了。临出门他爹说："这一口袋干粮吃完了，走到哪个寺院，就在哪里出家吧！"

他们走了一天又一天，一次又一次地从寺院门前经过。王有才感觉自己循环往复地接近又离开了渴望中的光头。干粮吃光时，他们却出人意料地停在了一座道观门前。他爹惶恐地念过"阿弥陀佛"后，认为一切都是佛祖的安排。王有才成了道观里的一名道童。

因为每天都想着光头，无法潜心修炼，做了一辈子老道的王有才没能成仙。在七十岁时，又一次死去了。

王有才走在去西天极乐世界的路上时，心里已经彻底绝望了。他只想问问佛祖，剃个光头为什么就这么难呢？

佛祖听了王有才的话，压低了声音说："你知道千百年来我最想做什么吗？"他疑惑地摇摇头。佛祖笑了笑说："我一直都想痛痛快快地大哭一场，但我是佛祖，参透了万事万物，我不能哭，这世上有谁听到过佛祖的哭声呢？"

王有才听了佛祖的话似懂非懂，说："来世我再不想剃光头了，请让我浑身长满毛，做一只绵羊吧！"佛祖宽厚地笑了。

成为羊的王有才在草地上漫步时，已经不再想什么光头了。这样，日子就过得无忧无虑，他很快长得肥肥大大，被送进了屠宰场。他没像同伴们一样凄惨地号叫，躺在案板上时，他想起了多年前石城北街的那家肉铺，想起了王二麻子……就淡淡地笑了。这一生他终于毫无遗憾地闭上了眼睛。

王有才又一次走在去西天极乐世界的路上时，看见自己的肉被送上柜台出售，皮被制成了一只足球——像光头一样在球场上滚来滚去。

谁杀我

○蔡　楠

扁鹊终于来到了秦国。

来到秦国的当天，他就被太医令李醯请进了咸阳宫。

李醯是奉命请扁鹊给秦武王治病的。正值盛年的秦武王本来要出征韩国的，可突然面部长了一个肿瘤。太医令李醯久治不愈，武王大为恼火。李醯情急之下，连忙修书一封，火速派人邀来了在齐国行医的扁鹊。

扁鹊进宫，看见了那颗长在武王耳前目下的肿瘤。他说，无妨，很简单，我用针砭之术即可除掉。秦王不语，群臣大哗。李醯趋前一躬，对扁鹊和秦王说，此疾长在近眼之处，万一手术不成，大王就可能耳不聪目不明了。

扁鹊摇摇头，收拾了药石器械，转身欲走。秦武王急忙起身，一把拉住了扁鹊，先生莫走，寡人同意手术！

手术很顺利。不久秦武王病愈。病愈的秦武王再一次把扁鹊召进了咸阳宫。武王说，先生，寡人想让你留在秦国，寡人的大业需要你啊！

扁鹊手捋长髯朗朗一笑，大王，民间的百姓更需要我，我是属于天下人的。再说，李醯的医术足可以帮你平定天下的。

扁鹊准备带着弟子子仪、佚妹夫妇离开秦国。临行那天，太医令李醯置酒为扁鹊师徒饯行。李醯连敬扁鹊三碗秦国老酒，然后扑通一声跪倒尘埃，一路走好啊！

李醯派人护送扁鹊师徒出了咸阳城。

转眼已是秋天。扁鹊行医来到了崤山脚下。过了崤山就是魏国，扁鹊想，治好魏文王的病，我就该回白洋淀老家了。我已经出来得太久了。

师徒三人正要过山，却见山脚下茅草房里走出一个满脸皱褶的老妪。老妪颤巍巍地说，先生，我家老汉病了！

扁鹊停住了上山的脚步。他让子仪夫妇先过山，自己急忙随老妪走进了黑漆漆的茅草房。那生病的老汉头发蓬乱，脸色蜡黄，披着破被坐在床沿。扁鹊伸出右手正要给病人把脉，冷不丁反被病人扣住了脉门，同时，一柄尖刀抵住了他的心窝。

终于等到你了，扁鹊先生！病老汉甩掉破被，拽下假发和脸上的伪装，声音坚硬地说。

你是刺客？扁鹊平静地问。

是的。刺客爽快地答。

我和你往日无冤，近日无仇，你为何要杀我？扁鹊那双能透视病情的眼睛针一样扎过来。

刺客的眼睛就痉挛了一下，我……我杀你不为冤仇。

那就是秦武王派你来杀我的——我没有答应侍奉他，他一定恼恨于我了。扁鹊抽了抽手，抽不动，反被刺客往怀里拉了一下，锐利的刀尖刺破了扁鹊的衣服。

不是武王。武王想杀你，你出不了咸阳宫。

这就怪了，想我扁鹊一介布衣，凭医术周游列国，普救苍生，既不争权夺势，也无恃宠篡位，谁要杀我？

刺客说，是你自己！想先生精通望闻问切，针石如神，名冠诸侯。别人所不能而先生能，先生以为这是好事还是祸事？

一阵秋风刮进了草房，几片树叶扫在了扁鹊的脸上。扁鹊禁不住咳嗽了一声，刺客的刀子就扎进了扁鹊的肉里。如此说来，是李醯派你来的？

　　刺客点头，扣住扁鹊脉门的手，用了点力道，先生，李醯是怕你夺了他的太医令啊！

　　扁鹊又咳嗽了两声，刺客的刀子就刺进了扁鹊的心窝。神医的鲜血顺着淬毒的刀子涌了出来。

　　你知道我和李醯有什么渊源吗？扁鹊忍着疼痛，望着刺客，眼睛分明黯淡了光芒。

　　天下人都知道你们是师兄弟，年轻时一起师从长桑君的！

　　可你和天下人都不知道另一层秘密。我和李醯是同母异父的兄弟！他杀了我，秦武王不会饶他，天下人不会饶他，家乡人不会饶他，历史也不会饶他，这等于是他杀……了……自……己啊！

　　刺客一惊，欲抽回刀子。可晚了，扁鹊已经扑倒在床沿上。

　　草房外，响起了急促的脚步声，是子仪、佚妹带人下山来了。

二十年之约

○李永康

平着躺了一会儿，又侧着。侧到左边不合适，又侧到右边。又平躺着。又侧着。翻身的时候，她只能轻轻地来点儿小动作。好不容易熬到天明，她实在忍不住，试探性地干咳了两声。老头子果然醒了。

老头子问她，你要起床了？她照例应了一声。老头子说，你今天去菜市场买菜的时候称两斤苕菜回来。刚刚我做了个梦，梦见小时候在苕田里玩，又掐苕菜拿去火上烧着吃，半生不熟的，把嘴巴都染绿了。吞了一口口水被哽醒了，一股清香味还留在嘴边呢。

老头子的话像圣旨，她向来是言听计从。今天她却顶撞了一句，你起来自己去买嘛！

老头子说，你总要去市场的。

她说，我不去。

老头子说，今天你有约会啊？

她的脸红了。她知道老头子在跟她开玩笑，就撒了个谎，说，几个老姐妹约去朝庙子。

一出门，她就喊了一辆人力三轮车。车夫问她去哪里，她一会儿说南大街，一会儿说西大街。车夫说，过了西大街才是南大街。她说，那去文化街吧。到了文化街，她下车步行了十几分钟，又招呼了一辆人力三轮来到位于南大街的公园门口。她发现公园门前的第三根柱子下有个熟悉的身影在晃动。

是他，一定是他，原来他早来了！

二十年前，他和她避开同学们的目光，来到公园的一株柳树下。那时候他们都成家了，都有一个孩子在读初中。

他对她说，我要告诉你一个秘密。

她说，愿洗耳恭听。

他说，只有等我们老了才能告诉你。

她问，老了是什么时候？

他说，再过二十年吧。

她说，我也要告诉你一个秘密。

他说，我知道你也要等我们老了才会说出来吧。

她说，你一猜一个准。

她和他共同约定，再过二十年，在柳树下，她和他都将心中的秘密告诉对方。

她走上公园门口的台阶，发现檐柱下空无一人。她浅浅地笑了笑，原来是自己产生了幻觉。她扯了扯衣服——她今天换了套颜色有点儿鲜艳的。跨进公园大门的时候，她感觉有些年轻姑娘也拿异样的目光盯她。女为悦己者容，她可是专为他打扮的。

她和他是高中同学。她的家在县城，他是农村的。第一个学期，老师安排他们坐在一排。学期快完了，他们也没有说一句话。有一天上政治课，她偷偷看小说被发现了。老师边讲课边朝她走来。情急之下，他提醒她，她也没在意。眼看老师就要走到面前了。他猛地用拐子拐了她一下，说，老师来了！她镇定自若将小说转移到他的抽屉里，低头假装在看政治书。老师没有抓着现行。她很感谢他，时不时地送他一些学习参考书——这正是他当时迫切需要而又无钱购买的——没有她的帮助他不可能考上大学，没有他的激励她也不可能考上理想的院校，这些是他们在上大学时的通信中相互坦白的。后来，他们中断了联系。原因很简单：大二的时候，她到香山玩，特地选了一张枫叶书签寄给他——有点儿投石问路的意思。她痴痴地盼望着，就是不见他的回信。再写信，被"查无此人"退回。

毕业二十年的同学会上，她在柳树下问他，当年为啥那般绝情？

他苦涩地笑了笑。

她说，我还以为这一生你再也不会与我相见了。

他说，这不又见面了吗？

她又看见他在柳树下，靠着柳树给她念唐诗：

碧玉妆成一树高，万条垂下绿丝绦。

不知细叶谁裁出，二月春风似剪刀。

她笑他，现在已经是三月桃花天了，柳絮像雪一样在飘，哪里见了"丝绦"啊。他问，二十年后的那一天，我们来这里，你最希望看到的是柳絮还是丝绦？她说，顺其自然吧！

她围着空无一人的柳树走了一圈，坐下来就想，我那时候如果再大胆一点儿，内心不那么懦弱和傲气，这四十年的人生也许就是另外一番风景了。二十年来她不知这样想过多少回，而今只能告诉柳树了。三年前他就带着他的秘密去了另一个世界。

与猫鼠为友

○邓洪卫

　　贾诩，字文和，武威姑臧人（今甘肃武威），三国时期魏国著名军事家、谋士。

　　贾诩的父亲是个实在人。实在人爱较真，认死理，按现在我们这地方的土话来说，头脑比较"整"。"整"，就是不开化的意思，老跟人说不到一块儿去。人家明明是好意，提醒他，他却觉得人家在算计他，想占他家便宜。时间长了，邻居们都烦，说："好心当做驴肝肺，还嫌驴肝没得味。"

　　所以贾家在乡里人缘并不好。贾家有什么事，别人看到跟没看到一样，都绕着走。而贾老爹并不明白自己的性格有问题，认准是乡人合伙欺负他，也就不与乡人来往。如此恶性循环，这家就孤立了。乡人不仅不与贾家大人交往，也不许小孩之间来往。贾诩就显得孤独，性格也孤僻。孤僻了，就少事，正好多读书，跟书交朋友。

　　贾诩读书累了，就出来散散步。路上总会遇到不少人，但人家都不答理他。贾诩也不答理他们，遛弯儿就尽量往人少的地方去。

　　一日，于山野处遇一猫。这猫病得不轻，瘦小枯干，样子很邋遢，可怜兮兮地看着贾诩。贾诩就把它带回来，给它洗澡，给它吃食。几天工夫，这猫就被喂养得虎虎生威，圆头圆脑，面颊宽大，肌肉肥厚，皮毛光亮。贾诩很喜欢。

可贾诩的父母不喜欢。古人说，猫是奸臣，狗是忠臣。怎么着也得养只狗啊，赶紧扔了吧。

贾诩舍不得，自己在村外找间房子，搬出来，单住。

这猫身手敏捷，一副顽劣相。尤其捉鼠，一捉一个准。捉到并不食，也不咬死，而是在爪下细细把玩。摸摸须儿，揉揉肚子，把鼠儿弄得晕头转向，不知这猫爷什么心思。玩久了，猫儿开始打盹儿，鼠儿趁机脱逃。猫儿也不着急，继续做它的大梦。醒了之后，在屋里跑几圈，又捉到一只，再把玩。又放了。再捉。如是多次。鼠儿也就不畏惧，反而主动跑过来，跟它一起玩，熟得跟朋友一样。

贾诩觉得很奇怪，也很有意思。闲时观猫玩鼠，不再孤独，反觉有乐趣。

闲下来，贾诩还是散步。带着猫，猫后跟着一群鼠。路人看到，都躲。也有好奇的，站在路边看，免不了议论：

"作孽，自古猫与老鼠为天敌，哪有猫鼠同行为友的？坏了纲常。"

"贾家这小子脑袋坏了，不学好啊。"

这天人、猫、鼠正结伴闲逛，迎面过来一人，跟贾诩搭话："先生尊姓大名？"

"小生贾诩。"

"我看先生相貌不俗，将来定能如张良、陈平一样成就大事。"

贾诩这才仔细看来人。骨骼清奇，飘飘然有神仙气概。

"先生尊姓大名？"

"在下汉阳人阎忠。"

这可是当时的名士啊。阎先生给贾诩一张名片，说，拿着这个，去找某某人，不需多言，就可弄个官做。

贾诩接过，称谢。阎先生飘然而去。

贾诩凭着这张名片，去了武威。临行前，猫鼠们送出老远，啃啃贾诩

　　的鞋子，咬咬衣巾，依依不舍。贾诩说："你们回吧，还到我的屋里去，那里有粮食，该吃吃，该喝喝，我会回来看你们的。"猫鼠们停住。

　　贾诩来见武威的地方官，果然被举为孝廉，做了个小官。但没做多久，贾诩觉得没意思，跟上司、同僚、下属说话都得费心思。累！

　　还是跟猫鼠同居好啊，自由平等和谐，无是非争执。

　　实在耐不下去，就假托生病，辞官回乡。回乡以后才知道，他那群猫鼠在他走后就没回去。

　　又听人说，他们亲眼看见猫鼠们都跳到姑臧河里去了。

　　还有一种说法，猫鼠们被乡人捕杀，烤着下酒吃了。

　　到底哪种说法准确，贾诩吃不准。

　　贾诩到老年的时候，常对他的儿孙辈说这档子事："我的父母说，猫是奸臣，鼠是污臣，狗是忠臣。其实，猫也是忠臣，鼠也并不贪。这么多年了，我见过各类人等，可让我最难忘的，还是那只猫和那群鼠。"

精神病患者

○胡 炎

不知从何时开始，我不会严肃了，而且越是庄重肃穆的场合，我越是忍不住发笑。这可真够要命的。

我们的局长死了，遗体告别仪式在殡仪馆大厅隆重举行。哀乐阵阵，遗像高悬，局长安静地躺在那里，大厅两侧靠墙摆满了美丽的花圈。每个人的表情都充满哀伤，好像是自己的一个亲人死了。主持人开始致悼词，局长的光辉生涯像画卷一样展开。人群里有了低低的啜泣声。这啜泣声像是会传染似的，潮水一样蔓延开来，幽幽咽咽地连成了一大片。悲伤的气氛渐趋高潮，就在这时，我憋不住"哧哧"地笑起来。众人纷纷止住哭声，同仇敌忾地向我看过来，局长的亲属双目喷火，恨得咬牙切齿……庄严的遗体告别仪式被迫停顿下来。我一看这阵势，赶紧脚底抹油——溜之乎也。

不过好在事情发生在一个死掉的局长身上，他就是再恨我也没办法从骨灰盒里出来整我，我也用不着给他送礼赔笑拍马屁赔不是了。同事们或许认为我跟老局长有矛盾，所以也都没有太在意。

没想到这件事倒让我歪打正着，新上任的局长跟已故的老局长素有芥蒂，听说我笑闹殡仪馆后，就对我格外器重，把我引为他的心腹。有时候这世上的事就是这么奇妙。

然而不久之后，我就把新局长也得罪了。那天局里搞廉政教育，专门请来了两位专家给我们讲课。局长带头认真听讲，认真做笔记，其他副局长和中层干部也都聚精会神，心无旁骛。但是听到中途，我又忍不住笑起来，越笑还越厉害，把一堂好端端高层次的法制课给搅黄了。

局长声色俱厉地批评了我："有什么意见你可以当面提，为什么要这样让我下不来台？"

"局长，我……"我哑口无言，百口莫辩。

回到家，我对着镜子，想对自己笑笑，可是我发现一点也笑不出来。这就好，我必须严肃起来，不能再这么稀里糊涂了。

这天，局里召开紧急会议，布置"扫黄打非"突击行动。这事情太严肃了，容不得半点马虎。相关责任人都领了任务，轮到我时，我本想郑重地说："保证完成任务。"谁知话未出口，我就又嬉皮笑脸起来。我心里说："严肃，严肃，不能笑！"可我控制不住，我就是一个劲儿地发笑。

局长恼怒地说："笑什么笑？你回家去吧！"

我快快而去。

我把头浸在冷水里，想让自己清醒点儿：绝对不能再这样下去了，不然的话，终究会酿成大错。

"扫黄打非"没参加，老同学倒是找上了我，说高中时的班主任重病住院，相约一起去看看。我当即答应。上学时，班主任对我很不错，我一直感激他。到了医院，我看着面黄肌瘦病入膏肓的班主任，心里想哭，可是我的表情却是笑。我嘻嘻哈哈地笑着说："您老有什么遗言趁这会儿还能说就快说吧。"班主任嘴唇哆嗦着，几乎昏厥。他的亲属和我的老同学齐心协力把我赶出了医院。

天哪，我该怎么办？

我找到了心理医生。经过检查，医生很快得出结论，他说我是一个精神病患者。这是一种物质时代的精神病，在我国有一定的发病率。这种病的名字叫：玩世不恭综合征。

我听完哈哈大笑，对这位不苟言笑的医生说了两个字：

"扯淡！"

长　腿

○包兴桐

夏天的夜里，村里人在院子里乘凉的时候，常常会看到一点光在山岭上移动，大家知道，那是长腿回来了。

当长腿才还是个五六岁的小孩子，嘴巴就特别甜，只要远远地看到一个老人，他就乐呵呵地跑过去，响亮地叫一声"阿公"。大家都说，这孩子，这张嘴巴是吃四方饭的。要是家里有什么东西出了，丝瓜、玉米棒子、豇豆、柚子什么的，看到有人从家门前走过，他就一定要送一点给人家尝尝新。有的人客气不要，但回家一看，长腿早就把东西偷偷塞在担子里了。要是到地里摘东西，一大篮子的丝瓜，到家就只剩下篮底的两三根了，一大篮子的豇豆，用手一抓，也就只剩一把了。但后来大家发现，他顶特别的，还是他的腿。那两根腿，显得特别长，脚掌也特别厚特别大。五六岁的孩子，每天把整个村子走个遍，常常吃饭的时候都找不到人——好在，经常有人请他吃饭。村里的房子都是依山势而建的，一户人家和一户人家之间的路，要么上坡，要么下坡，要么过溪过桥。就是十来岁的孩子，也经常有掉到坎下摔到溪里还有摔坏的。但是长腿，从早上眼睛一睁开到晚上上床睡觉，整天在村里上东家下西家的，从来没有见他摔倒。他每到一户人家里，就会一个人一个人问好，好像是正月初一给人拜年似的。要是看到有人在做事情，他就会赶紧挨过去伸手帮忙。要是看到有老人家坐在那里出神，他就会拿张小凳子紧挨着坐下和他讲一会儿话。他就这样每天在村子里挨家挨户走一圈。有的人干脆就把像剥豆荚，捡米里的小石子等小事放着，等着长腿来做。大家都说，长腿这孩子真乖，真懂事，手脚真勤快。

"长腿真会。"

"长腿真会。"

在老老少少男男女女的一片赞扬声中，长腿的双腿迈得更快更欢也走得更远了。八九岁光景，他就开始上山下园了。他也和其他小孩子一样玩，但一旦看到有人在地里田头干活儿，只要他能帮得上的，他就会停下来，安安静静帮大人做事，就是帮不上忙的大活儿，他也要在旁边站一会儿，和大人说上几句很内行的庄稼话。长腿的父母也不干涉他，他们听到的都是长腿的好话，没有人说他在外面跑来跑去作恶的；再说，长腿帮人干活儿，时常的，总有人喜欢塞点东西给他带回家，两个玉米棒子，一把花生，两根黄瓜，一把毛豆啦——这对于他们那个家来说，也是不小的惊喜。而且这时候大家发现，他不仅腿长，胆子也特别大。晚上他在别人家里玩，天再黑，路再远，他一个人摸黑就回去了。

长腿的双腿真正派上大用场的，大概是在十来岁的时候。我们村怎么看都像一个挂在半山腰的亭子。好像是，村里的先人最初来这里的时候，走累了，就决定在这里烧荒建房休养生息。虽然是挂在半山腰，但离山脚逶逶迤迤的，也有二十来里路，到乡里，那至少有三十来里路。从村里到乡里，一般都要走两个小时。办点事，买点东西，很不方便。十天半月大家约好了去乡里，都是要互相交代提醒要买的东西。一旦买落下了，就要再走半天的冤枉路了。等长腿长大了，大家才觉得开始松一口气。有什么要紧的东西没了，就去叫长腿。长腿拿了钱就跑。一路上遇到人，他就会热情地问：

"婶，我要到乡里帮上屋的七公买点冰糖，你有没有什么要买？要买，搭我就是了。"

不一会儿，长腿真的就从乡里买了冰糖回来了。一看时间，他来去才用了两个小时不到的时间。

那会儿，村里人差不多每天都可以看到长腿从村里下山的那条岭子上飞奔下去的影子。看到的，都会互相说一句：

"长腿这孩子，手脚真勤快，心真轻。"

只有他爸爸看到了，就会冲着他的影子大骂：

"你这断种儿，你跑，你赶命地跑，我一天要多一碗饭，一个月多一双鞋。"

这时候的长腿，是在别人的一片赞美声和他爸爸的一片是不是对不对都责骂甚至是谩骂声中像春笋一样拔节长大了。本来这两种极端的引导对于一个成长中的年轻人来说，是件很矛盾的事。但大家轻易就看出来，长腿欣然选择了大家的赞美，而置他父亲的责骂谩骂于不顾。在他青春葱茏的岁月里，他的两条长腿，跑得更欢更勤了。后来，村里人有红白喜事要通知九亲六眷，干脆也都让长腿跑去报信。长腿年纪虽不大，但很会说老人话，说得又庄重得体又讨人喜欢。他又是个见面熟，一见面，他就熟了，然后就把那个人也认作自己的亲戚了。在报丧或报喜的时候，他一天要跑很多村子，甚至还要跑到邻县的一些村子。那时候，长腿差不多是同龄孩子中的英雄了。他走的地方最多，认识的人最多，吃的点心也最多，拿的红包也最多——不管是报喜还是报丧，每到一个正亲家，都有一碗点心，都有一个小小的红包。

长腿越跑越有劲，整天乐呵呵地跑这儿跑那儿。人都长得都树样高了，可还是一天到晚地跑，田里地里的活儿一样也没时间干。更糟糕的是，他的脚板越来越大，到了后来，他甚至买不到合适的鞋子。有人知道一个办法，说是只要给长腿找个女人，成了家，他的脚底就不会发痒，脚板就不会继续长大。

可是，不知为什么，长腿一直没有结婚。后来，他成了我们那儿的一个"中间人"（掮客），一个长腿快嘴吃四方饭的人。他什么都懂，什么都在行，牛、羊、猪、番薯、洋芋、藕芋粉，他什么中间人都做。一次次地，他把一个个外乡人带到村里来，做成了一笔又一笔的买卖。他的调停，每一次都能使买卖双方感到满意。买卖成交后，大家就会高高兴兴地坐下来喝酒讲话。酒菜是主人热情招待的，但那些外乡人不知道，长腿早就偷偷地把酒菜钱塞给了在灶间忙碌的女人。

长腿知道很多事情，会唱很多小曲，会讲各样故事。可惜的是，我们很难等到他，他很少在村里，不管是村子还是他的家，对他来说，都像是个凉亭，歇歇脚，他又起程了。

爱哭的刘备

○谈　歌

有人计算过，中国从秦始皇开始，出现了四百九十四个皇帝。可让人们记住的没几个。而一部《三国演义》，使刘备这个皇帝成了中国人大都知道的一个历史人物。

刘备是一个布衣皇帝。无论刘备怎么说他祖宗是中山靖王，这事儿也不好落实。我们想啊，在那样一个乱哄哄的世道，他如果不找一个体面些的祖宗说事儿，谁跟着他干啊。跟中山靖王爷的后代是哥们儿。这样说着多气势啊。

这牛皮吹到最后，刘备也就真的收不住了，先是在一些权贵们面前吹，权贵们相信了，就拿刘备这个卖草鞋的当回事儿了。

刘备这皇叔就这么当上了。但光有皇叔的招牌还不行，他还得有一套经销策略。刘备在大的经销策划上，就是一个字：哭。有细心人统计过，一部《三国演义》，白纸黑字记录着刘备一共哭过好几十次。爱哭，成了刘备的一大特征。

中国老百姓有一句俗话：刘备的江山，是哭来的。这话听着有理，说得明白，算是说到了刘备的要害处了。

用现代话说，刘备的哭，是一种企业形象建设，是一种企业营销策略。咱们拣几回他哭的是地方的事儿说说。那一次曹操要收拾他，他就带着老百姓逃难，明知跑不了，可他还是硬带着这些人逃跑。曹操的追兵越来越近，真是十万火急啊。手下人都劝他扔了老百姓赶快走人，别让曹操给追上了，那麻烦可就大了去了。刘备哭着说，天啊，这怎么行呢？老百姓可都是死心塌地愿意跟着我，我能忍心扔下他们自己逃跑吗？这话听着好感人啊。刘备这不是演戏吗？可老百姓感动啊——乡亲们啊，刘皇叔可是好人啊。下回选举咱们都得投他的票啊。得，这人心算是给笼络住了。又一哭，赵云费了好大劲好不容易才把他儿子救了出来，送到了他怀里，他则把孩子一扔，哭着骂，小兔崽子啊，为了你，差点牺牲了我一个好干部。赵云能不感激吗？就算是赵云知道刘领导是玩儿虚的，可是这也不容易啊。领导能当着你的面摔孩子，能不感动得五体投地吗？刘老板啊，您别哭了，您放心吧，我是铁了心跟您干一辈子了。再一哭，他将错就错娶了孙权的妹妹，孙权软禁了他，他回不去荆州。他哭着对孙尚香说：夫人，您得救我啊。咱们可是恩爱夫妻啊，我不是不想走，我真是舍不得你啊，我可是真爱你啊。得，孙尚香感动了，也顾不得孙权的什么国家大事了，也顾不得刘备是她哥哥的天敌了。老公啊，我知道你爱我，我也爱你啊。我嫁给你了，就是刘家的人了。行了，我跟着你回荆州。得，她带着刘备跑了。不一一说了，这种哭，刘备熟练得很，那眼泪也来得快，跟自来水管子似的，什么时候拧，什么时候有，还不计水表。

刘备就是这么一路哭下去了，哭吧，不哭诸葛亮能那么容易出山吗？不哭，鲁肃能三番五次讨不回荆州吗？就连动用阴谋之术取了成都之后，他都好意思大着一张脸对刘璋哭道："哥们儿，我也是不得已啊。"这叫什么话？

刘备最后一哭，对诸葛亮说："哥们儿啊，我真是快不行了，刘禅这孩子没经过什么大事，年纪轻轻的，工作经验肯定不行，你可得好好帮着他啊。如果他实在干不了，你就把他踢一边去，你自己干吧。"这一哭，就哭出一个鞠躬尽瘁死而后已的一代名相。

你说刘备厉害不厉害？

十　年

○梁小萍

今天你接了一个电话，脸上露出少女的羞涩。

电话带来了三天后同学毕业十年聚会的消息，也把你带回了青春洋溢的学生时代，那时候的你清纯靓丽、才华横溢，男生倾慕女生羡慕。

你坐在梳妆台前，仔细看着自己，看头发，看眉毛，看眼睛，你甚至嘟嘟嘴看看自己淘气的模样，随即又来一个浅笑挂在嘴角，验证笑容是否还有当年的妩媚。十年了，你从来没有像今天这样仔细地看自己。

然后你去了美发店，你对老板说你要参加一个聚会，要做一个合适的发型。你说直发已经不适合你的年龄，头发要烫成卷发，但不能太卷，太卷了老气；也不能太短，太短了没气质。最好烫成大波浪，斜斜的刘海有点卷有点飘，顺着耳鬓融入大波浪的长发。

老板说："你对发型很有研究，这样的你看着年轻洋气。"

你嫣然一笑，你需要一个时尚的形象面对你的同学。

第二天，你去逛了商场。你试穿着一眼看上去有感觉的服装，你说服装是用感觉选的，选服装就像朋友一见钟情的缘分，有感觉才试穿，试穿只是为了大小的合适度。你说女人到了一定年纪，选服装的第一原则就是要选比自己年龄小十岁的服饰，小十岁的服饰不是单纯的流行款，而是需要考虑款式与你身份的符合、色彩与你肤色的协调，再者衣料的选择和做工的考究往往直接代表着你的审美。

你为自己选了一款黑白涂鸦风格的连衣裙。涂鸦是今年的流行款,张扬又不失典雅,重要的是,错乱的图案和黑白色彩可以更好地掩饰你已微胖的腰身。你又配了一款同色调的手袋,选了一双白色软羊皮平底鞋。端庄、亲和、知性,是你为自己目前形象做的定位。

第三天你出现在聚会现场的那一刻,你从同学的眼里看到了一道闪亮,你知道你成功打造了自己。

同学聚会有个节目,就是每个同学要陈述自己的青春十年。同学一致要求你最后一个发言,同学们说你发言了他们就没说话的份儿了,就如当年一开班级晚会你总是抢尽风头。你听了莞尔一笑,默坐一旁。

廖飞是你的同桌。当年他和你一起报考公务员,你当选他落选。于是他各地奔波找工作,再后来自己创业,如今已拥有自己的公司。这么多年一直关注你的消息,可是你好像从他的视线里消失了。这次同学聚会就是他发起的,他一联系同学才发现你不仅从他的视线里消失了,还从同学们的视线里消失了,他费尽周折才打听到了你父母家的电话,没想到是你接的电话。他看着你,话语带着激动。你没有回避他的目光,你看得出他眼里还有残余的感情。

王佳说她一听说同学要聚会了,心里既兴奋又忐忑,想起了当年的班级元旦晚会,想起了你。你一首歌连着一首歌地唱疯了,可是那时候的她居然连一首歌都唱不全。这些年她还是唱不全一首歌,可是她已经不勉强自己了。现在的她很满足,有一个疼爱自己的老公,还有一个可爱的女儿,最高兴的是女儿很有音乐天赋。王佳说到女儿会唱歌时,呵呵笑着看着你。你也笑,笑容宛若王佳的一般幸福。

同学在说,你在听。十年前你在同学的眼里那么耀眼,十年来你却消失在同学的视野,你是他们这十年的一个谜?

十年的时光让他们没有了年轻的沉默,当年的话藏在心里,今天的话摆在面前,你还要笑着听下去吗?不不不,该你说话了,最后一个发言的就是你了。

你站起身，微笑着说，说你再次看到同学们，真好！同学们都有事业有家庭，真好！这一切你都没有。你的眼睛看到了同学的惊讶，你继续说，说你当年进入机关工作一直很顺利，可是没多久你父亲病重，接着你母亲瘫痪。你是家里唯一的孩子，于是你辞职回家照顾老人。这十年你和父母在一起，前不久两位老人相继离去，你很伤心。至于今后，你准备找工作或者自己干点什么，重新开始吧。

你说完了，同学们说真没想到他们心目中最羡慕的你……你的青春十年是这样度过的，人生原来永远没有完美！

你说你陪伴了父母生命最后十年的每一天，你没有遗憾。你说你今天看见大家很开心，感觉自己的悲伤已经走远。你笑了，很妩媚，一如十年前青春的脸。

一个盗墓贼

○任 田

　　当他借着幽暗的火折细看她的脸时，他突然想起，他们原本是见过面的。当时她坐在高高的凤辇之侧，娇羞地挽着她尊贵的父皇，乌黑的头发蓬松柔软，她的娇好脸庞，仿佛初春三月长安城里怒放的桃花。而他，倨立于森严的云阶之下，和其他的公子王孙站在一起，他当时就穿着现在身上的这件内衣，雪白的绫罗上刺着银灰的夔龙暗花。

　　不是没有想过，能与这样的女子共度此生。

　　曾有一瞬间他对她起了倾慕之心，但随即又打消了虚妄的想法，因为他知道，她将是武延基的妻子，大唐 254 位公主之中最美丽的新娘子，无论如何不会是他的新娘子。

　　从那时起，他就开始云游四方。不料等他回到家，却发现，父亲早被罢黜充军，家人骨肉星流云散。他全身剩下的，只是一对空拳。

　　他实在没有想到他和她会再见面，而且是这样尴尬地相见，这样生死相隔地相见。然而他又暗自庆幸，幸亏她已合上了明澈的妙目，否则，真要叫他羞得无地自容。

　　他紧紧地闭上眼睛，攥紧拳头，已经蒙尘的夔龙暗花丝光微闪。

　　"喂，你傻啦？快拽她的项链呀！"粗鲁的声音从墓道上面传来，把属于他和她的短暂静谧炸得粉碎，他突然无比地憎恨那个声音，自打他出生起还从未这样强烈地憎恨过——是这个声音令他蒙羞，令他辱没门楣，丧失尊严，从一个宝马轻裘的贵族少年，沦落为一个可耻的叛国者盗墓贼。

虽然她已经故去了，但依旧宛若生时，乌黑的头发蓬松柔软，脸庞仿佛三月长安城里怒放的桃花。她头枕玉枕，身披云纱，玲珑的曲线浮凸生动，仿佛依旧安睡在自己的寝宫。她的项链灼灼其华，轻轻环在她年轻雪白的颈上，在火折幽暗的光芒下闪现出价值连城的宝气珠光。

他伸了伸手，又摇了摇头：她的父皇听信谗言，流放了他的全家，难道这就可以作为惊动她陵寝的最大理由吗？何况，她还是那样的美。

从棺椁到盗洞，一路散落了他刚才送出去的若干珠宝，在幽深的甬道里，仿佛漆黑天幕上明灭不定的星辰。他突然决定，要为她保留那串项链——大唐最美丽的小公主不能没有项链；也为自己，保守住最后一点儿贵族的尊严。他倨立在甬道的中央，气贯丹田，仿佛再次立在雪白的云阶之下，守卫着他所深爱的永泰公主：她面若桃花，雾鬓风鬟。

"傻瓜，天要亮了，你想要陪葬，哥们儿还等着发财呢！"粗鲁的声音再度响彻墓室，一个肥胖的身体"扑腾"一声跳了下来，照着他劈脸就是一斧子，他顿时血流满面。一直守候在外的胖贼径直走到棺椁跟前，一把扯下永泰公主脖子上的项链，还在地上捡拾遗落的宝物。

他不顾一切地扑上去，疯狂地咆哮，抱住胖子的腿，死死地抓咬，仿佛传说中复活的镇墓兽，死命去夺那项链。

胖子慌了，急了，怕了，拖着伤腿半爬半跑，好不容易抓到绳子骂骂咧咧地爬了出去。

争抢的过程中，项链散了，珠子散落在幽深的甬道深处，也散落在他的眼眸深处，像最后的烟火坠落进大海里。

他艰难地找个地方，靠墙坐下来，一坐，竟是千年。

他看不见，背后的壁面上，永泰公主，拈花一笑。

（1960 年 8 月，唐永泰公主墓正式发掘……棺椁里有驸马武延基和永泰公主的尸骸。墓道第七天井，接近墓室头道门的东边有一个盗洞，盗洞下靠墙有一具死人骨架，坐状，尸骨为男性，年龄在 20 岁至 30 岁之间。周围地面散落不少零碎金银和玉石、玛瑙等饰品。据专家分析，此人为一盗墓贼。）

画 钞

○许　锋

挣钱慢。不管是脑力还是体力，从古至今，一口吃成大胖子的确是有难度的。

快的门路倒有几种，不过都有缺陷。摸彩票，概率低，一般人没那个命。贩毒，比较凶险，脑袋的归属感不强。抢银行，既要技术，又耗体力，还有被瓮中捉鳖的可能，难度颇大。

农民工思忖了几天几夜，觉得印钞相对容易些。想印多少就印多少，想怎么花就怎么花。关起门来一个人即可办到。白天不印，晚上印——城市都睡了。

叫"印钞"，其实就是画。画钞。印钞岂是一般人能干得了的？黑社会顶级老大有时都摆不平。

农民工画功不赖，小学、初中、高中，一直爱画画。本来考上了美院，但没钱上，索性就放弃了。

但农民工思前想后，树立了一个牢固的信念：只画属于自己的钞票。

他先把老板欠的薪画了出来，总计 8000 元，画了 80 张。这是他应得的。他已经创造了相当于 8000 元的劳动价值。实际不止，他创造的价值远远高于这个数，高出部分是老板的利润——如今不兴叫剥削。

他把儿子念大学的学费画了出来。乖乖，四年大学要好几万。凭他的劳务费，啥时能凑出来？当年自己没钱上大学，不能再让儿子没钱上大学。撞破头也得供。咱和城里人也要平等呢。画了整整 400 张。

他把占自己的耕地却被截留的高速公路补偿款画了出来。村上原来说给，但一晃几年过去，没了踪迹。高速公路跑得那个欢，钞票"哗哗"地进了收费站，车祸都发生几十起了，死的人也不少了，而他的钱似乎也见阎王去了。

他又想了想：按照国家规定，老板还欠自己的社保。他也会老，老了谁管？这个不知画多少合适，就估摸着画了 5000 元。

他闷在房子里，整日整夜地画，仿佛困顿在梦魇里，如醉如痴，无法自拔。

整整画了 800 张。

花花绿绿的钞票几乎覆盖了狭小的房间所有地方。到最后，他的前胸也摆满了钞票。他的眼睛都绿了。钞票上的荧光映在他的脸上，像彩色的毛毛虫横七竖八地蠕动爬行。

他长出了一口古怪的气，抓起一把钞票，使劲嗅。惬意，快乐。是啊，生活在城市里，有钱的感觉真他爷爷的好。

《一个农民工的行为艺术》——这是翌日晚报头条的标题。全城的人纷纷惊呼：画得像，真像。不是像，简直一模一样。这要是上市流通，足以乱真。

警察闻讯赶来，严肃地说，以后不许再画钞票。钞票能随便画吗？农民工搓搓手上的油彩，憨憨地笑笑，不敢了，不敢了。

农民工一举成名，很快被一家大型文化传播公司的老板请去，担任高级画师，月薪过万。

很快脱贫了。

农民工和上了大学的儿子在同一座城市。夜里在小区楼顶聊天，喝酒。农民工说，在城里这么多年，你爹我苦吃了不少，点子也学到了不少。

儿子以看英雄的目光看着爹，你这招也是学来的？

农民工抿了一口二锅头，哈，城里人浑身痒痒，你得挠。挠上，你就OK啦。

挠不上呢？愣头儿子问。

那你就是一只蚊子，嗡嗡嗡嗡讨人嫌！

厂医刘绳

○秦德龙

厂医刘绳，职工医院的医生。每次，胡厂长有病，都要点刘绳的名。刘绳用药准，见效快，可迅速让胡厂长脱离苦难。胡厂长说刘绳是一根神绳，是专门捆小鬼儿的神绳。要说也是，在位十几年，声色犬马，缠了一身病，胡厂长是越发离不开刘绳了。

胡厂长又被送到医院来了，一进门，就哼哼唧唧，话都说不囫囵了。

院长把刘绳喊了过来。院长说：你的买卖，还得你来！

刘绳搓了搓手，听了听胡厂长的心脏，量了量胡厂长的血压，翻了翻胡厂长的眼皮，看了看胡厂长的舌苔，不无严肃地说：贵人驾到，还是住院吧。

有人把刘绳拉到了走廊上。刘绳认得此人，是厂长的贴身随从厂办主任。厂办主任神色严峻地问：刘绳，厂长有生命危险吗？

刘绳晃晃脑袋说：不好说，说不好，不说好！

又有人凑过来一颗脑袋说：怎么搞的，厂长还说你是神绳呢！

说这话的人，是保卫处的处长，刘绳也认得。每次，胡厂长来医院，他都陪伴在左右，一惊一乍的，十分逗脸。

刘绳面无表情地说：你们要有思想准备，要做最坏的打算！这次，厂长可是到了鬼门关！

有个女的突然冒出来说：什么鬼门关，说话这么难听！说吧，买啥药，我马上提款！

说这话的，刘绳也认得，是财务处的处长。

刘绳不卑不亢地说：你们都不要焦躁。冰冻三尺，非一日之寒。胡厂长的病，也不是一天两天了，能用的药，我都给他用过了。实话说吧，他已经抗药了。

厂办主任盯着刘绳说：照你这么说，是无药可医了？

保卫处长瞪着刘绳说：怎么会抗药？责任在谁？在你嘛！

财务处长拿眼睛剜着刘绳：过去，厂长有个小病小灾的，你总是给他用最好的药！是你把厂长害了，害得厂长没药可吃了！

刘绳无话可说。有什么话可说呢？每次，厂长来看病，马屁精们前呼后拥，不给厂长用好药，他们都不答应！

厂办主任说：别迷瞪了，你不是神绳嘛，赶紧想办法嘛。

保卫处长说：需要鲜血吗？我是 O 型！

财务处长说：我给你跪下吧，我求求你了，救活咱胡厂长！

刘绳说：你们都别逼我。厂长是我的病人，厂长也是我的厂长。只要有百分之一的希望，我会尽百分之百的努力！

厂办主任说：要的就是你这个态度！

保卫处长说：态度决定一切！

财务处长说：只要感情有，该出手时就出手！

刘绳看看他们，不知说什么好。那就不说了，什么都不说了。

刘绳进了急救室。

胡厂长终于苏醒过来了，胡厂长能开口说话了。

胡厂长卧在病榻上，对守在身边的几个人说：阎王爷请我去开会，到了会场，哈，点了个卯，我就跑回来了！我不跑，小鬼儿就把我下油锅了。哎哟妈呀，地狱里的小鬼真是可怕，一个个青面獠牙！

守在病房的人，都笑起来。

厂办主任说：您是大富大贵的人！

保卫处长说：我是准备给您献血的！

财务处长说：我都要给刘绳下跪了！

胡厂长说：是吗？为什么要给他下跪？刘绳呢？哪儿去了？

有人回答说，刘绳回家睡觉去了，为了抢救胡厂长，刘绳一天一夜没合眼。

胡厂长说：回头，我要当面谢谢他，亲自谢谢他！我这个人，你们是知道的，虽然我姓胡，但我不是胡汉三的胡，我也不是胡传魁的胡，我是胡雪岩的胡！胡雪岩，你们知道吗？红顶商人！

听胡厂长这么说，人们又哈哈大笑起来。

胡厂长高兴地笑了：明天，把刘绳找来，我要问问他，这次，给我用了什么灵丹妙药。

说是这么说了，可胡厂长却没等来刘绳。第二天早上，传来一个噩耗：刘绳死了，死在家里了！

刘绳是心肌梗塞死的，睡觉睡死的。头晚脱的鞋子，次早穿不上了。

不断地有人来说刘绳的死讯。令人难以置信的是院长的说法。院长说，刘绳患有心脏病，不是一年两年了，可他一直不舍得花钱买好药吃，他用的都是公疗范围内的不值钱的普通药。

闻听此言，胡厂长闷葫芦了。当夜，胡厂长再度昏迷了。

昏迷中的胡厂长，竟再也没有醒过来。

厂部和职工医院，为胡厂长和刘绳举办了集体葬礼。

有人叹息：刘绳是前边走的，是给胡厂长铺路的。

也有人叹息：胡厂长下地狱还得带上个医生。

还有人叹息：刘绳，刘绳，虽死犹荣啊。

好望角

○连俊超

老人划着船向岸边驶来，我的眼里就燃起了希望之火。太阳在河面上也播洒下了同样炽烈的火焰。

老人把船靠在岸边，问："是去老渡口吧?"我点了点头。老人说："上来坐吧! 我得歇会儿!"我踏上船板，船身晃荡了几下，荡出去一层层细密的波纹。老人悠然自得地抽了一锅旱烟后，说："启程吧!"然后他站起身，握住了两把桨橹。

老人微弓着腰，轻摇双桨，就像轻奏一首舒缓的乐曲，船顺流而下。

老人说："年轻人，你回头看看!"我回过头朝岸边望去。他便问："岸边像什么?"我盯着那个凸出的尖端，想给老人一个精当的比喻。

他乐呵呵地说："非洲南端的好望角!"我霎时愣住了。老人脸上流露出一丝诡秘的笑："跟好望角长得一模一样!"

我不解地问："您到过好望角?"

老人呵呵一笑："非洲那个我倒是没去过，但我现在不整天都在好望角吗?"他将目光送到了远处的河岸。

河水哗哗地响，船进了芦苇荡。河上无风，小船悠然前行。我看看太阳，说："大爷，天还早呢! 就两三里路，您坐着吧!"老人便答应着坐了下来。

芦苇丛里不时飞出一群水鸟，在天空中盘旋着，对我们的打扰大呼小叫地抱怨一番，又飞了回去。"它们跟我打招呼呢！"老人说，"我给别人说'好望角'这地儿，他们都听不明白。"

我微微点了点头。

"我很小的时候，在一本地图册上看到了这个地名。也不知为啥，我就想，长大后一定到好望角，看看那里到底是个啥样子！可我连小学都没读完，他娘的日本鬼子就扛着枪进村了。人们四处逃难，我和爹娘跑散了，以后再也没见着他们。后来，我跟着八路打鬼子、打老蒋，几年里差不多把中国山南海北都跑遍了。那本老地图册我一直揣在怀里，行军或休息时总把手放在胸口上摸一摸。"老人说着，掏出一本"面黄肌瘦"的小册子——中间破了一个圆圆的洞。我发现其中一页折起了一角，翻到那页，好望角的浪潮就从灰黄粗糙的纸页上拍打了出来。我似乎闻到了咸腥的海浪气息。

我问道："这儿怎么破了一个洞啊？"

老人笑了笑，眼角的皱纹很亲密地挤到了一起。他说："鬼子枪子打的，还在我肚子上打了一个洞。"老人微笑着摸了摸小肚子。"我命大，没死。解放后我买了很多书，我想，只要把书念成了，迟早会被国家派到国外学习。可书没读多少，又是'革命'什么的。我干脆不念了，我想我这辈子就没有念书的命。于是那年我托人说了个媳妇儿成了家。我想，这好望角啊，它就在这张书页里，世上压根儿就没有！谁也不知道它在哪儿！"老人向远处望了一眼。"可后来我儿子非说，好望角就在非洲南端。"

"你儿子？"我打断了老人的讲述。这时，一只白色的水鸟从芦苇丛中飞来，落在了我们的小船上。老人伸手抚摸着它，呵呵地笑了起来："是啊，后来我有了儿子。不光我儿子说有，连这家伙也呱呱叫着，一个劲地说'有'呢。"水鸟果真朝他吆喝了起来。老人从口袋里抓出一把米粒，丢在船板上，水鸟便不停地啄了起来。老人说，这里的水鸟和我很熟，老朋友了。水鸟啄了一阵，在老人头顶飞旋了两圈，飞回了芦苇丛中。那里立刻传来了很多鸟嬉戏的鸣叫声。

老人把剩下的几颗米粒捏回口袋，激动地说："儿子很争气，考上了大学，后来恰好到了非洲工作。那次他差点就把我接过去看好望角了。"老人的手微微颤动了一下，然后他深深地吸了一口气，又缓缓呼了出来。

这时，河上起了一阵风，吹得芦苇沙沙地响。老人轻轻地摇了摇头，"他在非洲被当地人给绑了，一直没人知道他在哪儿。当时老婆子一听说儿子的事就晕了过去。她在床上躺了半年，我想了各种办法骗她。我今儿说儿子打回来电话了，明天说儿子寄回来相片了。可她就是想走了，谁也拦不住。一个人有一个人的命。"老人的讲述纯净如清澈的河水。

"老婆子一走我就觉得院子太大了，就像穿了一条肥裤子一样老是有那种松松垮垮的感觉。有时候又觉得院子太小了，压得我胸闷。那天我走到村外，在河边一直坐到傍晚。那时候，日头把整条河照得黄灿灿的，我脱了个精光，跳进了河里。我一身老骨头好些年没活动了，那天我游了很远。我回头一看，他娘的！河岸跟地图册上画的一模一样，这不就是好望角吗？我盼了一辈子好望角，竟在家门口找到它了。我哇哇地叫喊了起来，然后让鼻涕眼泪痛快地流了一回……"老人哈哈笑了起来，笑声随着波纹微微荡漾。"现在我啥也不想了，我划划桨、喂喂鸟，整天都能看到好望角，自在得很！"老人的脸庞像天空一样明净而深远。夕阳斜照，涟漪微动，老人的身影渐长。

我跟老人一起笑着，看到即将到达的老渡口，我说："快到了。"老人也向前望去："是啊，一趟就这么快！十年了，我总感觉没怎么划就到了！"

船靠渡口，我给过老人船费，上了岸。老人摇动双桨，船到河中央，我和老人挥手告别。走出几步，我听到老人在芦苇荡里唱了起来："芦花放，稻谷香，岸柳成行……"

回头远望，芦苇丛里飞出了无数只白鸟，在小船上空给老人伴奏。芦苇沙沙作响，摇动着一片壮丽的金黄。夕阳正红，映得老人满身古铜色。

爱神之误

○陈　超

牛头寨的爱神不是丘比特也不是月老，而是已经有三百多岁的巫。

巫是神的代言人，知晓天地间的一切，三百年来一直掌管着牛头寨的姻缘，通过他牵线撮合的婚姻全都和和美美、白头到老，没有一例夫妻不合，更不会出现离婚的现象。所以牛头寨的人都非常信任巫，牛头寨人到了婚嫁的年龄，都会来到巫的圣殿，祈求姻缘……

这年，赵大伯的儿子赵一到了娶妻的年龄，赵大伯照例带着赵一来到圣殿，虔诚地跪在巫的面前，祈求道："我们万能的巫啊，请您给我明示，让我的儿子赵一找到属于他的爱人！"

巫蜷缩在圣台上打着盹，他太苍老耳朵已经不太灵光了，赵大伯祈求了三遍才将他从冥想中惊醒。巫睁开那双洞穿天地的眼睛，注视着赵一，久久不语，大殿的空气仿佛凝固了，赵家父子的心高高悬起……终于，巫干瘪的嘴唇启动了："跟随太阳向西，在大槐树的影子里，有你亲密的爱人，她是孙家的后人，将孕育赵家的血脉。"说完闭上双眼重新进入冥想。

赵家父子恭敬地退出大殿，按照巫的指示向西方寻找，走了一个多时辰，终于望见前方有一棵高高的大槐树，两人激动不已快步走上前，围着大槐树找了几圈，可惜没看见一个姑娘，正准备继续向西寻找下一棵槐树时，忽然一群孩子追着一位女子远远地跑了过来，孩子一边向女子扔石子一边喊着："孙傻姑！孙傻姑！……"

"姓孙?!"赵家父子的心中一动,"会不会是她?"

那个女子跑到树荫下,吓得抱头蜷缩成一团,孩子们围着她嬉闹踢打,她却一动也不动,赵家父子的心中一惊:"难道真是她?"忙拉过一个孩子问道:"这位姑娘是谁啊?"

"孙家的傻大姑,你们不知道吗?"

孩子的回答让赵家父子的心中一喜:"果然是她!"两人忙将那些孩子轰散,赵一怀着忐忑不安的心情走到姑娘面前柔声说:"姑娘,起来吧,我已经把那些坏孩子轰走了……"

姑娘慢慢抬起头,一看那张脸赵一就吓得连连后退——姑娘的容貌实在是太丑陋了,而且目光呆滞——她是一个又丑又脏的傻姑娘!

赵家父子不敢相信眼前的一切,心中一片混乱:"怎么会是她!? 怎么会是她!?"但事实摆在面前——大槐树下只有这个女子,而这个女子又的的确确姓孙——一切都如巫所说,看来就是这个女子无疑了。

"现在该怎么办?"赵家父子看着孙傻姑不知所措,迟迟不敢做决定……许久,赵大伯终于开口了:"孩子,这个女子是巫选定的,你命中注定要娶她为妻的,我们就把她娶回家吧!"赵一强忍着泪水沉重地点了点头……

举行婚礼的那天,全寨人看到了最难以置信的一幕——牛头寨最帅气最能干的小伙子和寨子里最丑最傻的姑娘拜了堂成了亲!——但没有人表示怀疑,因为他们都知道这桩姻缘是巫的牵引。大家纷纷走上前,神情肃穆地祝福新人白头偕老、幸福美满!

虽然有众人的祝福,赵一的婚姻却并不美满。每当看见妻子那张丑陋呆滞的脸,赵一就痛苦不堪,夫妻之间的恩爱根本无从谈起。终于有一天他忍受不了逃出了家门,跌跌撞撞来到圣殿向巫寻求明示:"伟大的巫啊,你是如此地无所不能,你为何要如此折磨我,让我娶这样一位姑娘为妻?"

巫瞪着赵一愣了半天:"你是谁? 我的孩子,你为何如此痛苦?"

"我是你的孩子赵一，不久前我和我的父亲向你祈求过姻缘，是你让我娶了孙家的傻姑娘为妻！"赵一很奇怪为什么巫会不记得自己。

巫在模糊的记忆中努力搜寻着，终于想起了一点什么，他深深地叹了一口气，带着愧疚说道："孩子，都是我的错，那天我喝醉了，美酒中隐藏的魔鬼让我迷失了神智，我做出了错误的判断……孩子，请原谅一个三百岁老人的错误吧，为了弥补我的错误，我批准你和孙家姑娘解除婚姻！"

原来如此，压在心中的大石终于搬开了，赵一欣喜若狂，一路狂奔回家一路传达着巫的指示，整个牛头寨震惊了——伟大的巫居然也会犯错误！怎么会这样？

第二天，赵大和孙傻姑离婚了，这在牛头寨还是第一次。牛头寨人开始失眠了，每当夜深人静的时候，他们总是睁大着双眼凝视着自己的枕边人，疑惑地想："我们会不会也是巫醉酒后捏合的呢？"

汉　墓

○陈继明

淘淘是三年前失踪的。

失踪前，淘淘是个"日鬼捣棒槌的人"。

村里人是这么说的。

不久前，淘淘失踪之谜意外地解开了。

村里先是出现了几个乞丐，连续多日在村子里转，形迹可疑。有人发现，几个乞丐白天分散，晚上聚集，住在村外的一间破房子里。村里的一些后生便在一个晚上悄悄盯住几个乞丐，终于发现，夜深人静后，几个家伙上了南山，往礼让的方向走了。继续跟踪的结果是，几个家伙在靠近礼让的一块坡地里停下来，开始莫名其妙地挖坑，便被村里人抓了起来。经盘问，那几个家伙承认自己不是乞丐而是盗墓者。

而村民们并不知道此处有墓。

当晚，几个盗墓者被看管起来。

天亮前那几个家伙却逃跑了。

韬河县文化局得到消息后，立即前来考察，后与秦州市文物管理部门一同进行了发掘和清理，认定是一座西汉古墓，其中有厚达一米的积炭，且保存完好，有木椁一个，也完好无缺。此外，还挖出了多件珍贵器物，如青铜壶两个，其中一个44厘米高，里面竟还盛着半壶酒。还有几件漂亮的彩陶。另有一些铁镞、弩机等。

墓主大概是一个武将。

在距离地面约五米的土层里，挖出了一具单独的尸骨，骨头白净，半蹲着。考古人员推断，此人是一个盗墓者，可能是正在盗墓时塌方了，被埋在里面了。这具尸骨被清理上来，摆放在考古人员支起的帐篷里，一颗黄色的金牙也被找见了。村里的人三三两两去现场看热闹，突然，有人对着那堆尸骨叫了一声：

这不是咱们淘淘嘛。

旁边的人也跟着喊，就是淘淘！

淘淘身材就这么大。

没错，淘淘就有一颗金牙。

淘淘那时就喜欢倒腾陶陶罐罐。

村里人听说后，一伙一伙地来观看，对淘淘的兴趣远远超过了那墓主，并且，几乎所有人都肯定那是淘淘。仿佛躺在那儿的不是一具尸骨，而是神情宛在的、聪明过人的淘淘本人。淘淘的老婆和两个儿子看过之后，不置可否，无声离去。后来，淘淘的老父亲来了，他几乎是第一眼就认出，仰躺在报纸上的那具白净的骨殖就是自己的儿子。老人神态平静，波澜不惊，问考古人员，我能把它弄走吗？考古人员问，你能肯定是你后人？老人说，差不多。几个考古人员商量完后，同意老人弄走骨头。老人回家找了个麻袋，重新来到发掘现场，蹲在骨头旁，一根一根地捡拾着骨头。在把头骨放入麻袋前，甚至还在头顶用力击打了两下，使骨头缝里的积土掉下来，极像是给了两巴掌。

老人背着一麻袋骨头回村里了。

骨头始终在他身后响动着。

墨不白

○吴卫华

沧州的墨不白，出身于武术世家。江湖中被传得神乎其神的缩骨术，是墨家的绝密武学，把缩骨术练到随心所欲登峰造极境界的，普天之下只有墨不白一人。缩骨术的特点就是"分筋错骨，骨头重排"，也就是说骨头是可以在皮肉里拆开移动使人体变形，或拉成条或缩为团，这奇技绝学，听听就让人骇异。

1943 年，抗日队伍获悉侵华日军少将田中信太郎的手里有份绝密的作战计划，遂想谋取内容。一天，嗜好文物的田中信太郎的住处里，有人送来一只半人高的明代汝窑青花大瓷瓶。此瓶颈细腹大，纹饰精美，实在是明瓷中的珍品。奇怪的是瓷瓶颇有分量，里面几乎盛满了芳香馥郁的干花瓣。送瓶人奉承田中信太郎，说："太君促进东亚共荣，劳苦功高，鄙人献一花瓶聊表心意。瓶中干花瓣，乃特制香料，不腐不烂香味久远，置于室内可静心醒目通泰七窍。"

田中信太郎大喜过望，命人将花瓶摆放在他的房间里。不料第二天，花瓶的瓶口莫名其妙地碎了一块下来，田中信太郎很心疼。送瓶人闻讯找上门来，说他认识一个修复古瓷的高手，只要把瓷瓶送去，保准修复得毫无瑕疵。田中信太郎就让人将瓷瓶送了过来。

等一切闲杂人员退出，送瓶人抗日特工唐一渡关门闭户，拍着瓷瓶说："出来吧。"只听瓶内说："你也避一避吧，这缩骨术没什么好看的。"

唐一渡只得走了出去。过了一会儿，听屋内说："进来吧。"开门进去，一个楚楚动人的女子已经坐在屋内椅子上，手里拿着那份关乎千万人性命的作战计划，显得神色疲倦，像是耗了极大的体力，她就是墨不白。唐一渡惊喜地问墨不白是怎样拿到作战计划的，墨不白轻描淡写地说："趁那个日本人出去后，我从瓶中出来，找到钥匙取出文件，然后依计划把花瓶弄掉一块，再钻进瓶内躲在花瓣下，等你把花瓶弄回来。"唐一渡关心地问墨不白："你不舒服吗？"墨不白笑笑："也没什么，在里面待的时间长了，觉得憋闷难受，现在好了。你先把作战计划交给你的上级，回来时再弄点吃的，我可饿坏了。"

唐一渡出去后很快回来，并且弄了一桌吃的东西，还有两瓶酒。他给墨不白满满倒上一大杯，说："你立了奇功，这是庆功酒，我代表抗日队伍敬你一杯。"墨不白摇头："我向来不喝酒。"唐一渡高兴过了头儿，强劝说："平日可以不喝，今日不能不喝。"说着将酒杯送到墨不白的唇边，墨不白才要推开，但看到唐一渡火热明亮的眼神，不由接过那满满的一杯酒，喝了个点滴不剩。唐一渡又倒了一杯，墨不白坚拒："再喝就没命了，酒是我们练缩骨术的大忌。"唐一渡遂罢。

那份作战计划被复印后，又送到了唐一渡手里，上级指示要尽快想办法把它放回原处，不要打草惊蛇致使敌人改变行动。

唐一渡把这个临时决定告诉墨不白时，墨不白还在酒精的微醺之中，沉默了一会儿，勉强答应，黯然拿出一小瓶药粉递给唐一渡："收好它，若有意外，你一定按我的要求去做。"

花瓶修复好后给田中信太郎送了去，田中信太郎看了很满意。奇怪的是花瓶仅隔了一夜又碎下一块来，田中信太郎沮丧地再次把花瓶交给唐一渡修复。

唐一渡高兴地拍着花瓶说："大功臣，请出来吧，我能在这儿看看你那神奇的缩骨术吗？"瓶中墨不白虚弱地说："真没什么好看的，变形既丑陋又恐怖，我宁愿你看我裸体，也不愿意你看我这缩骨术。"唐一渡只好说："那我出去了。"由于听出墨不白的虚弱，唐一渡实在不放心，走到门边就悄悄地站住了。听得瓶内有声，也看见花瓣给顶涌出来，几乎以为墨不白眨眼就出来了，可那些花瓣又落回了瓶内，墨不白好像在瓶内苦苦挣扎，却无法挣脱出来。唐一渡看出了情况不妙，丢开墨不白的忌讳，奔到瓶边焦急地问："你怎么了？"瓶中虚闷地说："我感觉情况不好。"唐一渡惶恐无策："我把这瓶砸开！"瓶中人已经精疲力竭了："砸开我也恢复不了原形，你愿意看见一摊丑陋的肉泥？那比要我死还难受！"唐一渡五内如焚："你要我怎么帮你啊？"瓶中发出的声音细若游丝："别紧张，让我休息一下。"唐一渡不敢出声，过了许久，瓶中说："我给你的那瓶药粉还有吗？"唐一渡急忙从怀中拿出小瓶说："有，有。"瓶中又不说话了。唐一渡惶急地问："它能帮你出来吗？"又过了一会儿，瓶中叹气般说："它能帮我在你心里保持一个完美的形象。你先清去花瓣，再把药粉全撒进来，然后你出去一个时辰，中间千万不要进来。"唐一渡清出花瓣，就看见瓶内有团肉块，不忍多看，慌慌张张撒下药粉就出去了。

一个时辰过去，唐一渡急不可耐地进来，屋内不见墨不白，急看瓶内，只有多半瓶汤汁样的脓水。唐一渡遭雷击一样跌坐在地上，他想起了江湖上至毒的化尸粉，莫非他撒进去的就是化尸粉？

两天后，日军大规模的行动遭到了抗日队伍毁灭性的打击。

若干年后，唐一渡从一个见多识广的武林老前辈那儿知道，练缩骨术的人最忌讳喝酒，怕酒麻痹神经不能自由伸缩，就算缩骨术练到超凡入化的境界，也怕酒后三番五次缩身出入瓶中，终会无法复原而困囿瓶内。所以练缩骨术的人，往往随身带着一小瓶化尸粉，等什么时候失手成为一摊肉泥无望复原时，就只有求诸于化尸粉消匿形迹了。

向来喜欢纵酒豪饮的唐一渡，遂终身戒酒，至死点滴不沾。

琴

〇包兴桐

村里人管二胡叫琴。好在村里再也没有别的琴，把二胡叫琴也不碍什么事。

我们很小就从小叔那里学会了做琴。要一截老竹筒，一根老竹枝，一张老蛇皮，一束老棕须，一块老松香。好多人都有一把自己做的琴，只是音色、款式各不相同，所以，还是常常要叫小叔来调一下。小叔拧一拧，拉一拉，琴声就正了。

"我这琴不好吧?"

"好得很。"小叔说着，就给大家拉上一曲。大家一听，真的好得很：琴声是那样的机灵，要尖就尖，要涩就涩，真是一把好琴啊。

爱听和不爱听的，差不多天天都可以听到小叔的琴声。放牛的时候，他会坐在岩石上拉琴；砍柴的时候，他会坐在扁担上拉琴；大清早，他会坐在院墙上拉琴；傍晚，他会坐在溪边拉琴。后来，有人说，这样可不行，一个村子整天都是琴声，天天都像哭丧似的，晚上做梦听到的也都是像下雨似的声音。

"我是拉给自己听的。"小叔这样对人说。大家想想，也是。大家看小叔拉琴，好像真的是拉给他自己听的。他低着头认真地看着自己的手，轻轻地摆着头。他的牛跑进别人的园里，他不知道；我们挑起柴要走了，他不知道；甚至，溪那边有一只狸猫直瞪瞪地看着他，他仍不知道。偶尔他也会抬一下头，这样往往会把我们吓一跳。好像，他无限伤心似的，那眼光白白的、沉沉的、软软的，像一摊糨糊，都快要把我们粘住了。好在，他一会儿就慢慢地耷下眼皮，低下头。我们也就轻轻地松了一口气。

小叔就这样天天拉着他的琴，让琴声像炊烟一样在村子里飘来荡去。有时候，他也会吹吹喇叭，吹吹口哨，学学鸟叫或风声。小叔把两片树叶合在一起，或者把一圈青树皮放在嘴里轻轻一嚼，或者就是一根葱，就可以做成喇叭，吹出各种各样好听的声音。小叔吹喇叭的时候，村子就显得很热闹，像要来客人似的。这样的时候，大家就说，村里有小叔，也是挺热闹的一件事。可是，就是在吹喇叭时，大家觉得小叔的眼光还是那种伤心的样子，白白的、沉沉的、软软的，像一摊糨糊。

有一年，村里来了一个木偶戏班子。他们一伙人在台上又拉又弹又敲又打，小叔站在台前像一个小孩子似的，听得直了眼。

"他是不是个半傻子？"戏班子的领班偷偷地指着小叔问。

"半傻子倒不是，但一听到好听的声音，却和半傻子差不多。"有人回答说。

不过，只一天工夫，小叔就和戏班子的人熟了。他们听了小叔的琴声后，都说真是好听，只是不合腔不合调，没有戏没有文，可惜了。

"我本来就是土学的。"小叔笑着说，"我是在山上从风声水声鸟叫声那儿学来的。"

"不过真的很好听。"那个领班想了想，像是回味一道菜，"真的很好听，像流水像风声像叹息。"

"这算什么。"有村民说，"他的琴声，连吃奶的小孩子都觉得好听，都忘记了吮吸。还有，他常去拉琴的地块，连麦子都长得特别好，连橘子都结得特别大。还有，要是村里哪个女人难产了，他在窗外轻轻一拉，那孩子一会儿就生出来了。不信吧？"

这以后，村里只要来了戏班子，就会叫小叔给他们拉上一段。每一个戏班子的人听了都说太好听了，在哪里都听不到这么好听的琴声。只可惜，琴声里没有戏文。

就这样，小叔很老很老了，还在拉着他的琴。好在，小叔并不是一个人在拉在听。

有一次，来了个戏班子，听了小叔的琴声后，有个女琴师就决定留下跟小叔学拉琴，后来，就再也没有离开。大家说有点可惜：小叔人长得挺好看，拉琴的样子也挺好看，可惜那是个瞎眼女人——她什么都看不到，她也看不到自己长得可不怎么样。但照她陶醉的样子，好像她自己长得跟观音似的，好像她什么都能看见似的。

公主的肖像

○ 谢志强

米吉提穿越沙漠，抵达都城的那天，听说国王正在选驸马。不过，他沿街看见许多年轻的疯子，他们着装端庄，而且相貌堂堂。他在疯子们出色的外貌中看到了自己平庸的形象。确实，他相形见绌啊。

米吉提打听出，那些疯子身份高贵，有官员，有富商，有武士，有诗人，他们同样患了相思病，一个个走入了单相思的迷途，神魂颠倒，不能自拔。甚至，还有殉情者。米吉提没欣赏过公主的芳容，但是，他凭这些疯子的表情和举动，能感觉到公主一定是位美艳绝伦、倾国倾城的佳人。

都城笼罩着浓郁的相思的气氛。米吉提在街头的一个拉面馆坐下，喝了一碗浓茶，着迷地看见一团面在师傅一双手里由粗变细，像一挂帘子，他时不时地咽着唾沫。他身边，一个画夹，一件光板羊皮大衣，他知道自己已身无分文。

可是，他的想象，如同雪水淌入了干枯的胡杨林，胡杨林发出了嫩枝绿芽——那位王宫里的公主在他脑子里渐渐浮现出来。他仅仅是看见听见沿街的疯子和传说，想象着公主的芳容，不过，他来了灵感。他忘记了腹中空空，好似看见了沙漠里的清泉。

米吉提突然站起，奔向街对面的一棵茂盛的沙枣树。他听见背后有人说："又一个疯子。"

浓郁的沙枣花香弥散过来。他走到树荫里，打开了画夹。想象中的公主，首先是线条，继而是色彩，渐渐地在画板上呈现出来。

不知过了多久，几只蜜蜂嗡嗡地在画板上飞舞——仿佛那是一朵绽放的花儿。米吉提听见背后的话音："这就是公主。"

两个疯子扑过来。米吉提连忙去护着画。他收起画板，疯子跟着他跑。疯子喊："公主，公主！"

米吉提好不容易摆脱了疯子，他听说国王喜欢画师。休息一阵子，再做打算。何况，他相信自己的画，能打开生路。他糊了个纸袋，把那张画装进去。

米吉提振作精神，宣称向国王献礼。宫中侍卫的眼里流露出轻蔑——他的衣衫实在寒碜。米吉提向国王恭敬地行了跪礼，接着，又是一番赞颂。

国王问左右，说："这份礼是否重复？"

一位官员说："陛下，这是独一无二的礼物。"

国王有了兴致，便去看，说："年轻人，你可曾见过公主？"

米吉提说："陛下，不曾见过，我只是凭空想象。"

国王说："你知道吗？公主跟你画出来的一模一样。"

米吉提说："陛下，我很荣幸。"

国王说："年轻人，你知道向公主求婚的人有多少吗？"

米吉提说："陛下，我是个穷画家，不敢奢望。"

国王说："都城所有的有身份的年轻人都来送过礼，都很贵重，可是，那些礼物，后宫里已有了。"

米吉提说："陛下，我不敢妄言我的画作有多么贵重，我仅仅是画出了我想象中的公主。"

国王皱了皱眉头，说："你的礼物，符合我公布的标准，就是唯一的，我还没见过如此神似公主的肖像，那就按我所承诺过的办理吧。"

米吉提说："陛下，我不敢奢望，我只是着迷画画，不想连累别人。"

国王说:"我尊重你的意愿。你请暂且留下,等你想定了再说。"

米吉提仍没见到深闺里的公主,除非他应承这桩婚姻。过了数个饭食不愁的日子,他浪迹天涯的念头又萌生了。他是个不愿受束缚的画家,不过,他没能目睹公主的芳容,他的想象倒活跃丰富起来,一幅一幅神态各异的公主画像悄悄地流传出宫。他听说,购得公主画像的人家,相思病明显好转,还有的人将公主画像供奉起来,随时瞻仰。可是,都城的居民已将情感投入画像中的公主。据传,深闺里的公主芳容一日一日枯衰,终于一病不起,致使国王担心画像影响了公主。

一天,米吉提溜出了王宫,不知去向。有人说,看见他骑着骆驼进了沙漠,他背着惹眼的画板。王宫里一位侍者(跟着米吉提学画画)说:"真弄不懂这个画家,有福不享。"据说,米吉提在王宫留下的最后一句话是:"要是见到了公主,我的想象就终止了。"

于先生

○ 扫 舍

于先生是这样的一个人：高高的个子，戴着一副眼镜。看似随意的衣着其实是精心选择的，大方得体。加上他是高干出身，本人又是社科院的研究员，举止之间总会带有些精英的特色。

还在上世纪80年代，于先生就是京城著名的人物了。精英自然有精英的见识。于先生是学哲学的，虽然还没有出过国门，但西方的那些文学和哲学大师们已经成了他熟悉的朋友，因此他有了使命感。他不仅为自己也为中国人寻求着未来之路，而这路，他觉得是在西方。

于先生在北京有一套不大不小的公寓，正好够他用来做一个沙龙。正如他只读经典著作一样，他也只和他认为优秀的人交往。那真是意气风发的沙龙啊！人们喝着酒，谈着文化，听着歌剧，弹着钢琴；于先生妙语连珠，语不惊人死不休的样子。有时候沙龙里也来些外国人，大都是些记者，或某国的文化官员。他们吸着飘着煤灰粉尘的北京的空气，那些蓝眼睛、高鼻梁让沙龙有了国际化的意味。于先生的声誉越发好了，跨越国境地响着，他几乎算得上是个代表着中国未来的人。

有一天于先生被某官员找了去。官员很和气地问，那些外国人都在你那里做什么？他们都关心什么样的问题？于先生傲然地说，我们听柴可夫斯基，谈论什么是 G 大调。不过官员也不能说柴可夫斯基和 G 大调有什么不对，何况马克思也说过全世界的无产者要团结起来，那几个外国人说不定也是"无产者"的一部分呢。

然而，于先生终于还是决定走了。他要去的地方是巴黎。临行前朋友们在一起喝酒，于先生带着一种和过去告别的激动。于先生对自己灵魂的高贵性和能在巴黎找到归属丝毫也不怀疑。他在遥远的北京想起巴黎时就像想起自己的一个朋友。这么多年来，通过翻译后的文字他已经读了那么多关于法国的书，从萨特的哲学到雨果的小说；他还看了那么多关于法国的电影、戏剧，他对歌剧《卡门》几乎烂熟于心。从理论和抽象的意义上来说，他想他已经掌握了法国：一个真正的革命的发源地，一个民主而文明的国家。

这样的离开，几乎带有历史性的意义。于先生的女朋友甚至专门去了次美容院。那个时代粗陋的美容技术也没有吓着她，她带着令人恐怖的浓重的眼线去了巴黎。他们几乎想呼喊一声：巴黎，我们来了！

开始时于先生写信给国内的朋友，说巴黎的空气多么自由，文化多么灿烂，绘画多么杰出。于先生将巴黎街头大小的博物馆都看遍了，他像个真正的知识分子一样和他能接触到的各种派别的人见面，讨论一些中国未来的事情。但是不久之后，于先生的理想就不得不面对生存的现实。他发现在巴黎这个大都市，仅靠热情是活不下去的。

于先生给朋友的信越来越少了，他和所有漂洋过海的中国人一样不得不为生计操劳。于先生在郊区的商业中心开了一家服装店，卖一些从中国进口过去的丝绸服装。在时装之都的巴黎，于先生的中国服装看上去老派而土气，只是因为便宜的价格，时装店仍然可以吸引一些住在郊区的中下层顾客。很多时候，于先生就待在他的店里，捧着一本厚厚的哲学书。他仍然在读福柯和海德格尔。有客人进店的时候他放下书沉默地等待着一笔生意。店里的客人，以移民到法国的非洲人特别是阿尔及利亚人为主，这些人和于先生一样都是这个国家的非主流人群。于先生难过地发现，即使是这些人，也都说着一口比他流利许多的法语。

　　语言的障碍让于先生彻底地萎缩了。他曾经的精彩，是要通过语言这个载体来传达的。他的智慧和深刻，被法语堵在了内心，成为一堆愈积愈大的暗影。在所有的顾客眼里，他仅仅是个缄言的忧郁的普通中国人，和那些在十三区的中国餐厅、中国超市、中国干洗店的中国人一样，做着自己本分安静的小营生，赚着一份生活。

　　过了一些时间，中国的国门打开了，于先生曾经的一些朋友陆续地开始在中欧之间旅行。他们和于先生见面后免不了是要欷歔感慨一番的，但很快，他们的话题就转向了一些在中国正热着的事情。这些朋友现在也有了让于先生陌生的身份，他们谈的都是融资、并购、跨国合作。中国开始成为世界经济的热点了，那些一日千里的变化，让于先生再次失语。

　　20年过去了，于先生离开的那个"中国"只存在于他的记忆中。现在的中国对他是陌生的，不仅是思想方式、文化倾向，甚至包括语言。一代一代的人用他们新派的生活推进了中文的发展、创新。于先生有一天拿起朋友留在家里的国内的报纸，觉得那上面有许多的名词都是他从未听说过的。

　　20年过去了，于先生居住的法国扼杀了他曾经为之骄傲的想象力。那个书本中的法国，那个抽象的法国，那个让他欣赏的有异国情调的法国，在他的法国现实生活中渐渐地消失了。他想他和法国的相遇存在着一个时间的错位，他其实是那个该生活在古典的法国中的人。

　　于先生现在算得上是个有产阶级了，他在巴黎郊区买了块地，修建了自己的房子。设计房子时，他专门让人修了个地下音响室，用了最高级的音响设备。空闲的时候，于先生会独自待在他的音响室里，一遍又一遍地听那些他热爱的音乐。音乐在大空间里显出了寂寞。于先生安静地听着，没有人知道他在想什么。他的背有些驼了，头发也掉了许多，剩下的也基本上白了。

　　最后一次收到于先生的信时，他说很高兴他的房子旁边有条小河，上面有座小木桥，他给那桥命名为：莫奈桥。

风居住的街道

○ 陈诗哥

如果你来到这里，无论你是一只蜥蜴，还是一只蚱蜢，一定会很惊讶的。因为，这是风居住的街道。

风居住的街道，它的大名是 601B 大街。

601B 大街，大概有 1500 米长，居住了许许多多的风。街道两旁是各式店铺，各种风潮，风靡一时，热闹非凡。我曾经到那里住过一段时间，结识了微风、和风、清风、大风、狂风、龙卷风、飓风等朋友，那是何等珍贵的友谊！下面是我所了解到的一些事情——

每当夜幕降临，601B 大街是要点上街灯的。这样，逛街的风才会有方向感，而刚从酒馆里喝完酒的风们才不会走得踉踉跄跄，更不会掉到水沟里。

601B 大街有一位负责点灯的风，他是我在 601B 大街最要好的朋友。每天晚上，看着他把街灯点亮，光宁静地照进黑暗里，我就会感到一种神秘。

他的名字叫默风，顾名思义，是沉默的风。每天，他都要爬上高高的梯子，然后掏出打火石，把灯点亮。这时候，他必须屏住呼吸，因为他如果呼吸的话，那火就会马上熄灭。我可以告诉你的是，很多次他都失败了。有一次，他可能感冒了，有点伤风，那天有很多次，他好不容易才把街灯点亮，却忍不住一个喷嚏，就把街灯给吹灭了。但他从不气馁，他会耐心地屏住气,再一次擦着打火石。一般到了第十次,他总会成功的。看着那火光微弱地跳动,他才暗暗地松一口气,小心翼翼地走下梯子,然后走向下一盏街灯。

大家知道,601B大街上的风总喜欢乱窜,动不动就溜上天空游走,或者互相追逐嬉戏,这样就会闯出大大小小的祸。比如,他们一不小心就会把街灯吹灭。负责点灯的默风也不生气,只静静地走回去把它们重新点亮。这样,整个晚上,负责点灯的默风就会在不停点灯中度过。

有时候我们相遇,他也不多说话,只微微地点点头,但我已觉得我们仿佛长谈了一番。

天亮的时候,默风会把街上的灯全部吹熄,然后才心满意足地回家休息。他的家在一棵大树上,他伏在树枝上,像一只猫一样轻轻地打着呼噜,沉入了梦乡。树叶们也不敢哗哗乱响,生怕吵醒这位勤劳的点灯人。

每当华灯初上,光照亮了黑暗,也照亮了点灯的默风。在他的身上,我似乎明白了"风光"的含义。

601B大街还开了一家书店。

你可能想不到的是,这家书店的生意十分兴隆。每天,都有许多爱读书的风来到这里,一待就是整整一天。他们会待在自己喜欢的书跟前,翻书阅读:有的想细细地咀嚼书中美妙的字句,因此就慢慢地翻书;有的比较性急,想早点知道故事的结局,因此把书翻得哗哗作响。

通常,书店老板风伯伯也和大家一样,找一本喜欢的书读。不过更多时候,他会闭上眼睛,笑眯眯地听着那些愉悦的翻书声。那真是动听的乐章啊,知识就是这样流到每一位风的心里。风伯伯喜滋滋地想着。

在这些喜欢读书的风当中,有一位喜欢写诗的风,长得风度翩翩,举止潇洒得体。

如果不在书店里读书,那么,这位写诗的风就会四处漫游或沉思。我就经常看见他在后山上走来走去,有时候他会对着天空的浮云发呆,有时候他会对着一朵小花低声吟诵，有时候他也会多情地对一根芦苇表达他的爱意。当他想写诗的时候，他会慢慢走到海边，在沙滩上写下他酝酿已久的诗篇。他的诗名传遍天下。因此有许多人慕名而来。不过这些沙滩上的字，细微处卷起一些漂亮的花纹，狂放处又像龙蛇一样走笔，据说并没有多少人能看得懂。

我也去看过几回，老实说我也看不懂。但从他的书法中，我可以看到春花秋月，看到五湖四海，甚至还闻到太阳和星星的气味。于是我相信，这位写诗的风有着一颗很大很大的心。

人类中有许多人对此不以为然，当中有一个诗人还鲁莽地写下这两句诗："清风不识字，何必乱翻书？"这实在是一大误解。后来那位鲁莽的诗人还因此招来了弥天大祸。这是人类中常有的事，就不必多说了。

不知从什么时候起，601B 大街开了一间染风坊，老板是从外地搬来的花栗鼠。据说，她的分店遍及世界各地。

染风坊的生意格外兴旺，每天要来染色的风络绎不绝，等候的队伍长达十几米，甚至排到了店外。

风婆婆拄着拐杖来到花栗鼠面前，说："我年轻的时候有一个关于风信子的梦想，所以我想染风信子的颜色。"

"是。"花栗鼠微笑着说，"你准会梦想成真的。"

果真，当风婆婆走出来的时候，人们惊呆了：风婆婆不但拥有了风信子的紫色，还仿佛一下子年轻了许多，拐杖也扔掉了。风婆婆也惊讶地说："真是怪事呢。"就飞到空中跳起优美的舞蹈来。

下一位是爱美的和风姑娘，也羞答答地提出了自己的请求："我想在衣服上染上绯红的山茶花、洁白的雪花和橘黄色的月亮。"这当然难不倒花栗鼠老板啦："就包在我身上吧。"

当和风姑娘走出店，在空中飞舞时，人们不禁惊叹说："真是好一场风花雪月啊。"

接着，小伙子们也如愿以偿，他们把头发染成了各种颜色。

唉，我多次劝他们不要染头发，但这些家伙把我的话当耳边风。终于轮到了风弟弟。他把最要好的朋友兔子也一起带来了。

风弟弟有些结结巴巴地说："我……我想……染橙色。"

兔子说："我要染芒果色。"

花栗鼠老板郑重地说："嗯，我一定会努力的。"

若干年后，染橙色的风弟弟和染芒果色的兔子会以"橙芒双侠"的称号，风闻天下。

站在队伍最后面的是一位彪形大风，他来到花栗鼠老板的面前，朗声说："我要染成黑色。"

"没问题！"

他就是601B大街上大名鼎鼎的黑旋风，从那往后，他所到之处，都会令坏人闻风丧胆。

还值得一提的是，在每年的1月份，春风姑娘都会光顾花老板的店铺，她要染带给人们希望的青绿色，然后到人类居住的地方游玩。人类中有一位诗人观察得很仔细，写下一句诗："春风又绿江南岸。"这句诗成了千古名句，而诗人也因此声名大噪。

那段时间里，601B大街到处都是五颜六色的风，真是让人眼花缭乱呢。

减　法

○陈　毓

现在，米根老爹已经不记得是否教过孙子一加一等于二这道算术题。他一辈子当村小学校长，好为人师按说是职业习惯，但他现在真是一点也想不起自己是否教过孙子这道算术题。很多事情他现在都说不准。儿子第一次带孙子回来时，孙子还是襁褓中粉嫩粉嫩的小伢儿；第二次来，就是一个能用网兜捕蝉的顽劣小子了。这都是时间的力量，时间使孩子长大，大人变老。

你看，时间就增加了米根老爹额头上的印痕。

印痕不算什么，但自从在菜地边的小水渠上跌了跤，米根老爹竟躺倒了。在学校、在林中、在地里、在河边行走，对米根老爹来说原本是那么简单的事情，现在却是横在他面前最大的难题。

这一躺倒，三年过去了。三年，米根老爹清楚地听见窗外的树叶刷刷掉落过三场。当树叶又一次在枝头如鸟雀雀跃的时候，米根老爹清楚地感到自己体内，有一根细丝悠悠荡荡地，要离开他身体的牵扯到远处去。米根老爹无端想象自己正如一根大萝卜，正在慢慢变糠，从最核心处往外糠。外表看，看不出来，糠是在心里的。

没有遗憾，不管是对自己、对老伴，还是对儿子。

现在死亡是横在米根老爹面前最平常的一件事情。老伴那么好，三年来对他都像第一天那样有耐心，还有什么遗憾呢？儿子呢？他在城里，忙，是真忙。儿子是公家的人，做公家的事情，不常回来，却也尽了最大努力多回来陪父亲，每回都像要抢回一分一秒那样，恨不能把一分钟当两分钟过。这还不够么？太够了。孙子呢，都上大学了，将来要去很多的地方，去更远更大的地方。但无论走多远、去哪里，都是从米根老爹生活了一辈子的米仓山出发的，走到哪里这里都是出发点。想到这一点，米根老爹真是有贴心贴肺的欣慰和满足。

还有什么遗憾呢？真的没有了。

当身体内那根丝线悠悠荡荡的感觉越见分明的时候，米根老爹觉得现在紧要的，是做一道层层递减的减法题，得数越小，他的内心会越安妥。那样，他才会有最后的妥当，完完全全地把身体和心灵摆放平展。

一个阳光明媚的早上，由老伴喂着吃掉半碗粥之后，米根老爹靠在被垛上，平静地对老伴说，天是公道的。天让他躺了三年，让他想了三年，三年他想明白了以前很多年没想过的事情。他说三年他得了福，现在该他走了，走在老伴前头。这三年，老伴也有得，那就是他三年对她的拖累，使她能安然平静无太多牵绊地接受他的离世。

儿子提前对父亲尽了孝道，也好。米根老爹对老伴说。

现在他还剩下几句话要交代。

一呢，从前好的时候预备下的棺材是柏木的，柏木棺材太沉太重。现在的晚辈都像自己的孙子，天生不长力气。没力气，怎抬得起那么沉那么重的棺木？下葬的时候他们可要吃苦了！要换成桐木的。桐木轻巧，不太费力气。

还有，以前选的墓地离村子太远、太僻，山高水长，路也不通，埋葬的时候肯定会从庄稼地走。就算是在冬天，踩不坏庄稼，却天寒地冻的，娃娃们辛苦。改在屋后林子里，埋在树下吧。往后，老伴若是还在老宅住着，也离得不远，抬头就能见到；若是随儿子去城里住，他在林子里待着也够得着看家护院。啥风水不风水的，能使心安妥的地方就有好风水。

米根老爹眼见着老伴以及孩子们答应了自己：把柏木棺材卖掉，重新打了桐木的棺材，选了新的墓地。米根老爹长舒一口气，平静地听任那根细丝悠悠荡荡地飘出身体去。

夏天终于过完了，连那个秋天秋老虎的尾巴也消失了。米根老爹说自己可以死了，因为渐渐凉爽的天气使死亡将要带走的那具躯壳能在人眼前保持最后的安静、最后的尊严，而不必使人在它面前屏气敛息。

米根老爹在立冬那天早上死了。

米根老爹的儿子去抱米根老爹到灵床上。儿子觉得父亲轻轻的，像一个婴孩那么轻。他惊讶地张了张嘴，用目光去寻母亲，就见自己的母亲正用圣母一样慈悲平定的目光在注视着他。

于是，米根老爹的儿子收住目光里的惊讶，把父亲那轻如婴孩的身体紧紧地贴在自己的身体上。

疼痛银行

〇谢丰荣

"听人介绍,你们这儿有一家疼痛银行?"

"你看不见那块大大的招牌吗?"小姐居然很傲慢。这也难怪,全世界只此一家,别无分店。

他试探着问:"听说你们可以将疼痛转移?"

"疼痛银行有两种主要业务:第一种,你可以将疼痛储蓄起来,像存款一样,然后在你认为最合适的时候取走,零存整取、整存零取都行,当然你会为此付出一大笔费用,而且你必须在生前全部取走,否则会强制你的亲人承担;第二种,你可以将你的疼痛像转账一样转移给另一个人,前提是他乐意接受。"小姐像背台词一样滔滔不绝地介绍起来。

他正想问怎么转移,这时窗口来了两个人,其中的大个子不客气地挤了他一下,趴到窗台上,大声说:"我办理转账。"

小姐瞟了大个子一眼,嘴角一乐:"好的,如果我没记错,先生你是第三次过来办理这种业务了。"

"我有钱啊。"大个子拍拍自己的腰包,"你们这银行开得不赖,前几天我胃疼得不行,过来办了一个转账业务,咦,真是神了,现在十瓶八瓶啤酒喝下去,这胃也不疼了!"

"可另一个人会疼。"小姐打断他的话,"先生,我们已经收到接受你胃疼的那位先生的投诉。你要知道,你一喝多,他就又吐又泻,胃疼得特别难受，你不要违反双方签订的协约。"

"那是，下次我一定注意。"大个子知道自己理亏。

小姐问："请问先生这次需要办理哪一项疼痛转移?"

"嗨，跟小姐你还不太好说，我这人什么都不怕……就怕回家挨老婆拳脚，嘿嘿，所以……"

小姐轻蔑地看了大个子一眼，目光转向其身后的人，那是一个农村少年，老实巴交的样子，衣着朴实，看来急着用钱。

"好吧，先让我将协议念给你二人听听，考虑好了，就在上面签字，然后就一起去那边的转账中心。"小姐打印出一份协议书：兹有甲方×××，乙方××，甲方愿出人民币两万元整，将其妻子打骂造成的一切痛苦转移给乙方。乙方收取此款后，应承受上述痛苦。注意事项：甲方不能故意制造痛苦让乙方承受，一旦发现，乙方可到本行投诉，甚至提出中止协议。

他静静地站在一边看着，那个农村来的少年，手轻轻颤抖着，像下了很大决心才咬牙签了字。

"你是来干什么的?"小姐目送两人去了"转账中心"，转头问他。

"我也想办转账业务。我从小与母亲相依为命，经过多年的打拼才有了现在的幸福生活。可最近我查出自己患了绝症，我母亲也是多年积郁，精神一直不好，而且还有心脏病，经常胸闷，随时都有生命危险……我听说了你们这个银行，就想趁病还没到晚期，将我母亲的痛苦转移到我身上。这样，也能尽一份孝心，让母亲安度晚年。"说完，他轻轻地叹了一口气。

办好手续，他回家了，他不知道要怎么跟母亲开口。母亲也一副神色不安的样子，好像有什么话要跟他说。他终于先开口了："妈，城西路新开了一家医院，治疗设备非常先进，要不明天我陪您去看看，我自己也顺便检查检查。"他知道母亲不识字，他没有说实话，怕母亲不同意。

　　母亲什么也没问，只是平静地点了点头。

　　第二天，母子俩一起走进了那家疼痛银行。

　　业务窗口的小姐热情地招呼他们："先生来了，老人家，您也来了，请往那边去。"母子俩一起走进了"转账中心"。门"砰"的一声关上了，在暗红而模糊的光影中，几个穿白大褂的工作人员正在忙碌着。

　　转移马上就要开始了，他躺在工作台上，心里默默祈祷："妈，祝您老人家身体健康！"

　　突然，他一身轻松，像脱胎换骨一般。他起身去看母亲，却见她倒在工作台上，人事不省。

　　他不解，他惊叫，他扑向母亲。他愤怒地吼叫："这到底是怎么回事？"

　　"先生，我们答应了你母亲的，要替她保守秘密。其实你母亲先于你来这儿办了转账手续，要我们将你的病痛全部转移到她的身上。"工作人员轻轻地说。

虚　构

○新　梅

　　我在大学教文学理论。这天，我上小学四年级的宝贝儿子米米一回来就冲我发火。我看到他手里的作文本，老师打了个"59"分。我仔细看了看，题目是《我的爷爷》，文章写得很朴实，爷爷"倔"的特点也写得很鲜明。儿子，文章写得不错嘛！什么不错，老师说没有虚构，缺乏升华。妈妈，你说，什么叫虚构？我拿出文艺理论书，念了一段："虚构就是动用作家的想象，制造一个非现实的能给人无限遐想的广阔空间……"哎，儿子，说这些你都听不懂，还是看看我写的小说吧。我随手把我新近出版的小说《张飞与张飞燕》递给了他，好好看看，你就懂什么是"虚构"了！儿子高兴地拿着书屁颠屁颠地跑出去了。顺便说一句，我除了教文学理论，还写网络小说。"黄河飞侠"就是我的网名。我的长篇传奇小说《李太白笑戏杨贵妃》《红发魔女与关公》点击率都在百万以上。由此，一本叫《猎豹》的杂志盯上了我。主编不惜以一个字一元钱的高稿酬征集我的小说。他们的写作要求是"新、奇、怪"，编得越"出格"，稿费越高。于是，我成了他们的专栏作家。因我的小说，杂志的月销售量达到 50 万份以上。我也因此有了丰厚的回报：在海南买了一套 200 平方米的别墅。但我在章市的房子只有 60 平方米，因为我觉得，露富总要遭麻烦。

　　米米常翻看我在杂志上发表的小说，他也很喜欢。

　　这天，米米还没放学，他的班主任王老师便来家访了。王老师是第一次来我家，因为小孩转到这里上学还不到半年。一进屋，王老师就东看西看，摇头说，哎，住房的条件太差了！接着，又盯着我的脸看了半天。我有些不好意思：这几天写稿熬了一星期的夜，莫非我变形了？

王老师说，米米的妈妈，你要坚强，要挺住啊！说完从包里拿出一沓钱。

给我钱干什么？我有些奇怪。

王老师接着说，这是全班同学捐的一点钱，不够你手术费。明天，全班同学准备上街去募捐！我们一定帮你到底！我们知道米米这孩子特有自尊，所以这一切都是瞒着他做的！

我简直是闹蒙了！王老师，发生什么事了？

米米妈妈，别再瞒我们了，我们全知道了。米米的爸爸得了胃癌刚去世，你又查出了肝癌！唉，老天怎么这么不公平！说着，王老师的眼圈红了。

老米去世了？他还刚得了北京铁人三项赛的冠军呢！我虽这几天去过几次医院，是治拉肚子，吃了不干净的海鲜。去看病碰到楼下米米的同学二胖，莫非是他告诉老师的？这傻孩子！

不是的，是米米告诉我们的！

米米这孩子疯了？开这么大的玩笑。

王老师拿出米米的作文本。我打开一看，上面老师批了一个鲜红的"95"分。作文的题目是《我要坚强，我不哭》。作文写他的爸爸刚因胃癌去世，妈妈又查出患了肝癌，而且已到了晚期！米米写道：我知道妈妈不久将离开人世，我一个人要坚强地活下去，将来要考大学！

天哪！这就是虚构？我胡编的小说，会给孩子带来这么大的影响？

外星人的礼物

○许 章

  几千年前，来地球旅游的外星人，在离开地球时，为了向还处在落后又纷争不断的地球人展示外星球上高度发达的科学技术，特意留给地球人一份千古之谜的礼物——埃及金字塔。几千年后的现在，外星人又变做地球人的模样秘密地在世界各地考察和观光。

  此时，地球人已进入了 2068 年，地球上的人类社会已进入了高度的物质文明时代，可地球人的生存环境却越来越糟糕。地球上的空气和水已普遍受到严重的污染，安全卫生的水和新鲜干净的空气已成为昂贵的奢侈品，地球上比癌症更可怕的奇病怪症更是层出不穷，地球上的各种动植物的生存普遍受到了环境不断恶化的严重威胁。

  为此，外星人为了若干年后再度来地球旅游观光时，还有机会看到地球人的存在，在准备离开地球返回外星球前的一个晚上，外星人决定把两份一次性使用的礼物送给两个最聪明的地球人。

  外星人把第一份礼物送给千岛上山先生，他是帝国净化水集团的董事长，拥有全球最大和生意最红火的纯净水制造产业。

  深夜，外星人把礼物放到正在熟睡中的千岛上山先生的手中，以外星人特殊的语调告诉他说："千岛上山先生，你好！我是外星人，我送给你这个像地球上罗盘针模样的东西，是外星人的高科技产品，叫做水之源时光罗盘，作用奇妙无穷。现在地球上的水之源糟糕透了，你是地球上最能认识到纯净卫生的水对地球人和其他动植物是如何重要的人。所以，你要切实记住罗盘上的数字是时光标志识符号，每一小格，是跨越地球 500 年的光阴。罗盘顶上的条形金属，是时光针。只要你按逆时针方向轻轻地移动一小格，地球上的所有水之源就马上回复到了 500 年前的状况。届时，生活在 2068 年的地球人，看到的将是 1568 年还未发生工业革命时的溪流、江湖和大海，那里流淌着的、奔腾着的和汹涌澎湃着的，都是清清的湛蓝湛蓝的大自然之水。"

说完，外星人就像一阵轻烟一样飞走了，他要赶在拂晓前，把第二份礼物送出去。

这份礼物也是罗盘形状的东西，一样有时光标识符号和时光针，它是空气之源时光罗盘。它的作用一样奇妙无穷，只要把时光针按逆时针方向移动一小格，地球周围的空气会马上回复到 500 年前的空气。外星人把这个空气之源时光罗盘送给睡梦中的罗杰，以外星人特殊的语调告诉他说："罗杰先生，你是全球新鲜空气制造业的巨子，你清楚地知道新鲜的空气对地球是如何的重要，只要你醒来时，把罗盘上的时光针按逆时针方向轻轻地移一小格，地球上的人类和所有的动植物，就马上可以呼吸到和 500 年前一样的带有淡淡的树叶和青草味的新鲜空气了。"

天亮的时候，醒来的千岛上山先生和罗杰先生都发现了外星人送给的礼物，并能清清楚楚地记起外星人叮嘱的话。可外星人返回外星球后不久的某一天，他在浏览外星球上发行量最大的《宇宙演义》报时，无意间读到了一则惊人的有关地球的消息：根据宇宙天体研究中心的资料证实，遥远的外星球——地球上的空气和水之源在瞬间迅速恶化，地球人在不足一年内已像亿万年前在地球上的恐龙一样绝迹了。

地球人像亿万年前的恐龙一样绝迹了？外星人惊愕不已，并自言自语地说："我不是给地球上的两个最聪明的人分别送了水之源时光罗盘和空气之源时光罗盘了吗？难道是他们都……"

外星人好像想到了什么，他后悔极了。

来　客

○亚　明

陈九在镇上的时候碰到了镇长。镇长说陈九，你回去准备一下，上面扶贫的人来看你了。

陈九吓了一跳，说镇长万万使不得，我那个家哪是人来的地方。

陈九是村里的扶贫对象，用村主任的话说是烂泥扶不上墙，两年下来日子没过好，反倒愈来愈差了。

镇长说，这我不管，你回去找村主任。镇长说着拍拍陈九的破棉袄，忙自己的事去了。

陈九回村里就找村主任，说，村主任，镇长说上面扶贫的人要来咱家。

村主任叹气说，镇长已打电话来了，我也正想找你商议这事。

陈九说，村主任你别怪咱，上面捎来的猪，瘟的瘟死的死，家没富起来，倒添了不少的债。家里没哪样见得人的，怎见客？

村主任说，你家的情况大家知道。见客的事你不用多操心，你回去将屋子上下打扫干净，我会安排。

陈九不知村主任葫芦里卖的啥药，想再问，村主任朝他扬扬手说走吧。

翌日，陈九一大早将老婆撵起床，打扫庭院、屋子。村主任唤来几个小伙子将屋子粉刷一新。末了，村主任将自家的沙发、电视之类往陈九家搬。陈九忙止住了，说村主任这使不得，咱哪能要你的东西。

村主任说陈九这东西搬你家来是见客的。客来了，在你家办宴席，经费村里出。

忙乱了大半天，陈九的老屋就成了新屋了。粉白的墙，半新的家居用品，实实的小康之家。陈九的几个崽子没见过这样的家当，回来了就大叫小喊着往沙发上蹭。

陈九斥骂道：浑球，这是村主任大伯的，别弄脏了。撵走了崽子，陈九看着这像模像样的家，想：他娘的，咱养的牲畜要不死，咱也能像村主任那样过日子。末了，唤来老婆，掩上门说，咱也坐坐这沙发看是啥滋味。两口重重地躺下来，又叹气说，还不是板凳的味，就是软了点儿。

第二天，客就来了，和镇长一起来了八九个，还有一辆像王八样的车子。陈九忙燃了爆竹迎客，爆竹噼噼啪啪地响，小山村便爆出稀罕的欢乐声。客人在屋子上下转了几圈，便入席了。

酒过三巡，客人说陈九，你这破烂户过上好日子，大家都替你高兴啊。

镇长说，还不是全凭您的帮助——陈九你还不感谢恩人。陈九忙举杯敬酒表示感谢。

客人又说，陈九你告诉我，这年你卖猪收多少？陈九愣住了。

村主任忙说，陈九你告诉我是八千多的，是吗？

陈九忙说，是……是的。陈九说话时额头上冒出汗来。

陈九，吃完饭你带我去看看你的猪圈。客人又说。陈九吓得差点站起来。

喝酒喝酒！这事吃完饭再说。镇长忙站起来举杯敬酒，其他陪同的领导也一一敬酒，说感谢客人为镇子的脱贫致富作出贡献。三杯两盏下肚，就少言寡语了；再三杯两盏下肚，几个客人便面团般瘫软在桌上，无言无语了。陈九没醉，见此情形长嘘了口气。村主任和镇长也没醉，相视无言。末了，镇长吩咐人将客人一个个扶上车，回镇里去。

　　一帮人走到村外，都已上车了，一位客人忽地睁开惺忪的眼，下车来拉着陈九醉醺醺地说，明天，明天我还要来看看你养的猪哩。陈九又吓得呆在那儿了。看着远去的车扬起的尘埃渐渐消散，将目光移向村主任。村主任扬扬手说，回去吧。明天？明天再作算计。

　　村主任佝偻的身影渐渐远去了。回到家里，老婆在收拾碗筷，小崽们正呃着嘴啃剩下的几块骨头。陈九看着家里摆得整齐的村主任的家当，心里又豁然开朗了。

　　明天怕啥？有村主任哩。

距 离

○郑　远

　　他和她经常不期而遇。他们居住的两个街区，相距只有几十米远，所以他们不免经常在同一个超市、发廊、快餐店碰面。见了面，点点头，打个招呼，便擦肩而过或各奔东西。彼此脸上的表情淡之又淡，是谈不上欢喜还是厌恶的那种，即便有微笑来不及退尽，也不带一丝感情色彩，仅仅说明他们认识而已。在都市的滚滚红尘中，这是最司空见惯的一种人际关系。没有人相信他们曾经有过什么。

　　而他们俩确实曾经是一对夫妻，只不过爱情的火焰早已燃尽。他们的分手同样是都市男女中司空见惯的模式——不动干戈，甚至没有争吵，不必陈述爱与不爱的理由。他们原来好似两只归巢的鸟，每次下班，都急于从两个起点回到一个终点。

　　突然有一天，他们发觉自己没了归巢的欲望，家于是成了一个牢笼。他的音容，她的笑貌，就像一阵渐行渐远的风，再也不能在对方的心池荡漾起一丝一毫的涟漪，他们不约而同地选择了分手，如同抛出一只已经不能再给他们带来收益的股票，非常轻松，同时也很果断和明智。他把房子留给她，为了上班方便，他在几十米外的另一个街区，购置了一套新居。

　　他们都没有再婚，但是，他们都并不缺少异性伴侣。从他居室里走出的女性，从她居室里走出的男性，分别汇入大街上人头攒动的群落，维系着都市一种新型的情感方式。

行走在都市的晨昏，他们偶尔也会想起过去，也会有稍纵即逝的惆怅和感伤。都市的天空始终是灰蒙蒙的，汽车尾气淡化了一切，霓虹灯飘忽不定，人流飘忽不定，穿越高楼的雨丝飘忽不定，他们的情绪也在都市中游移不定。将来会怎样呢？他们懒得去想。在这样的背景下，所有关于沉重的话题都是不合时宜的。

日历翻到 12 月 12 日，这天晚上雪下得好大。下班后她回到家中，像往常那样给自己调了一杯咖啡，然后开了 CD，这是一首萨克斯独奏曲。她端着咖啡，踱到窗前，信手拉开厚厚的金丝绒窗帘，看着都市的夜景。室外雪片飞舞，室内灯火通明，萨克斯如诉如泣，真是一个适合怀旧的夜晚。不由得，她的心弦被什么弹拨了一下，回想起过去的那个大雪纷飞的夜晚。

当时他们借宿在农村相邻的两个乡，那天晚饭后，她感到浑身不舒服，酸痛乏力，好像病了。她就给他打了个电话，他听了，很着急地说，你先躺着，别动，我马上就到。说完挂了电话，她就幸福地等着他。忽然，她醒悟过来，他怎么来呀？雪太大，早就没了车，相距几十里路。她又打电话，让他别来，可是接电话的人说他已经走了，步行。她只好等，一直等到深夜零点，他终于赶到了。路上他摔了很多跤，衣服上满是雪和泥巴。见了她，他第一句就问，你怎么样了？好些吗，没事吧？她眼里噙着泪，哽咽着扑到他的怀里。

又是一个多么相似的夜晚，只是他已不可能在她的身边。突然之间，她有点失落，手里的咖啡杯沉甸甸的，她随手放到茶几上，整个人恹恹地陷入沙发中。

她感到从没有过的倦，而且越来越加深加沉，仿佛身心俱损。同时，更可怕的是一种无所依附的彷徨又袭上心头。环顾四周，灯灿然，曲低咽，偌大的客厅华丽而冷清，此时，她不由涌起了强烈的愿望，她想见到他，只想见到他。

迟疑了许久，她还是拨通了他的电话。你好吗？她说。

我很好，谢谢！他说。听得出，他很平静。

外面下雪了。她又说。

呃，是的，雪好大。他答道，懒洋洋的。

接着就是一阵沉默，他们都握着话筒，等待对方开口。

她终于把想说的话说了：我有点不舒服……能来看看我吗？

对不起，今晚我有个约会。

他明显觉出了意外，但回答的语气却很迅速和坚定。

她慢慢地把手放下，话筒一寸一寸接近电话机，咔哒，电话挂上了，一切又归于沉寂。

她从一场酩酊大醉中醒过来，发现身旁的几案上，有一张写满字的纸，上面反反复复涂鸦着一行字：几十里?! 几十米?!

墨　宝

○化　云

翰淼先生一幅字，我求了三年。

翰淼先生，本名高效，是我的高中同学。他性格内向，总拿管毛笔练字，又怕费纸，竟学古人以笔蘸水在青石板上写来写去。

得了几次大奖，翰淼成了书法大师，他的字按平方尺上千元计价收润笔。我是一家小报的记者，我的文章按每千字几十元拿稿费。我喊他翰淼先生，好像从开始就这样喊的。

都知道书法大师翰淼是我的同学，我家却没有一幅他的字。我不懂书法，也不懂拿支笔随便点点戳戳就值那么多钱。

领导爱书法，跟我提了好几次了：省委书记家客厅挂的是你老同学的真迹；我家中厅要是悬上一幅，必是蓬荜生辉啊。

他的字越值钱，我越不好开口去讨。

领导一遍一遍地提起。

翰淼拿了项全国大奖，我去采访他，说要用整版的篇幅来介绍他为家乡增光的事迹，顺便红着脸说，我要能求得一幅墨宝，挂墙上，就更值得炫耀了。

他锁着眉头，认真地听我说完，拍着我的肩哈哈一笑，你早说啊！我一直以为你看不上我的字呢。回去就写，写好了给你打电话。

我等得花儿开了谢，草儿枯了荣。拿字的电话没等来，吃饭的电话倒不少。每次酒酣，我以酒盖了脸想开口，都被他堵回去。

这次，他逃不掉，笔墨都现成；他挥毫泼墨笔兴正浓，我一脸的虔诚。

翰淼先生左手叉腰，右手提毫蘸墨，略一沉吟，望着我说，如来对取了无字经的唐僧说过什么？

我傻眼了。

他看着我，叹口气，没事，咱谁和谁啊！笔走龙蛇，在六尺横宣上留下四个大字"上善若水"，落款翰淼。我想起领导说过，再好的字，不盖章也没人认，我说章呢？他拿出铜盒里的印章盖上，终于尘埃落定。

领导大喜。真有你的！得一次大奖，作品润笔翻一倍，越贵越难求啊！

我很愚钝。

物以稀为贵嘛！大家是不轻易动笔的！领导看字的眼神由欢喜变得凝重。

有什么不对？我有点慌。

领导仔细地看了又看，说，没事，你回去吧。

翰淼病了，脑出血。

我第六次去探望他的时候，没碰上别的看望他的人。抢救及时，他恢复得很好，还胖了些。看见他用左手端茶、吃饭，很别扭。我说不记得你是左撇子啊！他说你说啥呢，我的右手是挣钱的，我得供着它。

他顿了一会儿说，我一直觉得对不起你。我送你的那幅字，间距大了些，整个比例有点失调。本应毁了，当时犯懒。现在想想，对不起你对我的情谊。你拿回来，我书房的这些字，你随便挑。

他诚恳得眼圈都红了。我想起领导并没有把那字装裱了挂出来，怕是看出这处败笔了吧？怪不得领导当时那种表情。

我到领导家里，吞吞吐吐说明了来意。领导说是这样啊，你拿来时我就注意到了。我早听说翰淼先生是个特严谨的人，不是完美的作品是绝不落章的，残品都会毁得很干净。这字不在我手上，省里一位领导拿去欣赏了，你过两天来拿吧。

一周以后，我去领导家，匆忙看了一眼《上善若水》，卷了，直接赶到翰淼家。

他高兴地接过去。我看见他手抖得厉害。干吗激动成这样啊？

还好，没有装裱。他说。

卷着的宣纸终于展开，他的眼睛瞪得溜圆，这字你经过他人之手？

我只能如实相告。没料他右手指着我，像唱戏的老生颤指一样，说，如来说经不可以轻取，不可以轻传，否则后世当饿死！命该如此。你走吧！

我再问，他竟掉下泪来，两手揉着那团宣纸，再不说一句话。

听说翰淼先生去疗养的消息，又听到他封笔的传言。可是我再没见过他，我的电话他再没接过。真对不起他。

直到一次拍卖会，我去现场，想做个纪实报道，压轴的竟是翰淼的那幅《上善若水》，藏家要底价六十万，介绍：翰淼先生封笔之作，由间距的欠缺可知，当时的翰淼先生正处于脑出血进行时。翰淼先生唯一的残美之作，空前绝后的珍品。

墨宝最终以八十万成交，卖家藏家均未露面。

见到翰淼是在一年以后，与他握手强而有力，一点不抖。听说你封笔了？翰淼爽朗地笑，别听他们瞎说，我好好的封什么笔？我得靠它吃饭呢！

忽然想起那件拍卖的作品，右上角一枚闲章补白，布局协调有致；而我送回去的那张，没有那枚小巧的红印。

车厢里的裸奔

○易水寒

开始时，我没有注意她。车厢里人很多，她就站在我旁边。我俩下面有个座位，座位上有个小伙子，小伙子左扭右扭，好像身上有虫子咬他。我估计，他是要下车。这样，我和她就形成了竞争之势：小伙子走了以后，这个座位到底应该归谁？

其实，我站着或者坐着都没关系，但我刚从图书馆里出来，借到了自己非常喜欢的书，如果有个座位，我就可以坐下来，一睹为快。当然了，我只是这么想想而已，反正也没什么事，活动活动心思有利于健康。

正在这时，她接了个电话。

她说，我们已经分开了，刚分开。他哭着找过我。让他哭去吧，一点儿也不像个男人！我现在跟谁啊？一个很好的男孩子。你没有见过，一个朋友介绍的。开始时没想到要相处，后来很自然地走到一起去了。怎么说呢？他是一个很好很好的人，这样的人已经非常稀少了。不是稀少，而是稀少中的稀少。他非常纯，是那种你从没见过的人。

车厢里人很多，但没有人说话，整个车厢的人，都在安静地、被动地、认真地听她讲自己的故事。

这孩子比我小不少呢。

这时候，我看了看她，最多也就20岁，那么，她说的那个他有多大年龄？十七八岁？

是的，我有个朋友，跟你的说法一样。可是和他见了一面以后，想法马上改了，她跟我说，真没想到，世界上还有这么纯的人，不要说女孩子，就是男孩子都会喜欢他的。他好乖，好温柔……

有几个人开始大声咳嗽，有人也打开手机，非常夸张地讲话。看得出，他们和我一样，已经被她伤着了。从人权角度讲，她有她的自由，她愿意说什么就说什么，但是，她不应该把自己的隐私强加于我们，因为我们不想听，而空间只有这么大，她的声音塞满了这不大的地方，我们无处躲闪。

她离我很近，四周的人都朝我们这个方向瞅，好像我是她的同谋。这让我很不自在。她显然也发现了别人的反应，因为她太突出了。可是，她并没有压低声音，反而更加兴奋起来，她开始讲自己和"他"的细节，那些细节，我在这里是无法复述的，无论我怎么描述，都无法把她那嗲嗲的声调、暧昧的语气和投入的表情刻画出来。

有人喜欢裸奔，把自己的肉体暴露在大庭广众之下，旁观者的生理反应越大，他或者她，就越兴奋。把自己的隐私在大庭广众之下张扬，是不是也算裸奔的一种？

我扭过头，直瞪瞪地看着她。她长得很矮，最多到我鼻子尖。既然你能豁出去，我有什么豁不出去的？本来，我想盯她五分钟的，可惜，我刚盯了不到一分钟，公共汽车进站，她下车了。

小人物老万

○菩提鱼

"大炮"不知道算不算是我们打工那地方独有的词语。在当地，如果一个人爱好吹嘘信口雌黄胡说八道完全不靠谱……人们就说他是"大炮"。

老万不仅是"大炮"，还被尊称"第一大炮"，可见他在"炮手"阵营里的崇高地位。

多年前，我们这帮人刚进厂的时候，大家都是年轻人，谁也不认识谁，只有做出某些惊天动地的事，在工友中间引起轰动才会被人广泛关注，他们本人与他们的非凡业绩才会让人津津乐道。比如说其貌不扬的小方，他居然在短短一个月内把第一美女——"厂花"郑丽泡上手了，厉害吧？还有刘勇，这个五短身材的小子，在领奖金的时候发现自己被克扣了20块钱，揪住车间主任就是一顿暴打。试问，谁能有他这么大胆量？

但是，小方和刘勇的迅速"蹿红"都无法与老万的"炮火连天"相提并论。

在进厂的第一天，老万就语出惊人。他告诉单身楼二楼的所有小青年们，他跟本市黑帮老大是拜把子兄弟，只要看谁不顺眼，他一个电话，三天之内，这个人肯定在本市消失。他在说这话的时候，神色并不如何"牛皮烘烘"，甚至有些轻描淡写坦然自若。人们都将信将疑之际，他又说，海天大酒楼，都知道吧？那是我大哥的"场子"，你们谁愿意去，只要说出我的名字，一律白吃白喝。

此言一出，人们看他的目光就分明带有崇拜了。一帮人呼啦啦一拥而出，直扑海天大酒楼，好一顿胡吃海喝。末了儿，服务员过来结账，哥儿几个神气活现地说，我们是老万的朋友！——老万？老亿也得给钱呀！咦！老万你都不给面子，不想在本市混了？工友们把老万推出来，酒楼经理上下打量了他一眼，问，这傻帽儿是谁呀？……当然，最后老万是如何跟酒楼结账的，就没人愿意深究了。

在刘勇打了车间主任被开除之前，海天大酒楼事件是最吸引人的谈资，每一次聊起，所有曾参与其中或者曾有耳闻的人都会笑作一团。但让老万得以加冕"第一"称号的，却是其后的两"炮"。

老万声称，他可以搞到枪，左轮和"五四"都有，要多少有多少。对手枪感不感兴趣？AK47 要不要？他的话自然没多少人当真，但他反复地揭露一些离奇的黑道"内幕"，极力渲染他与贩枪集团头子惊心动魄的交往故事，这番话让几个枪械爱好者产生了兴趣。他们想，老万在进厂之前，说不定真的在黑道混过，虽然不见得真能搞到枪，但也许知道枪支的购买途径，所以他们就逼着老万给联系枪贩子。刚开始，老万也装得很像那么回事儿，带着他们深夜去立交桥下"接头"，还指着一个散步的老头儿说，那人是"金盆洗手"了的"大哥大"。那几个傻帽儿就连续几天跟踪老头儿，后来搞清楚了，那个有老年痴呆症的老头儿是一名普通退休职工，跟什么鸟黑帮完全没一点儿瓜葛。

这事儿还不算完。没几天，厂保卫科惊闻此事，立即出动把老万和那几个"军事发烧友"一网打尽，把他们在小黑屋里关了一天一夜，非要让他们交代"犯罪事实"。老万只好承认这些事都是瞎编乱造的。保卫科长哭笑不得，后来给了他一个四字评语——人头猪脑。被"人头猪脑"开涮，几个小青年（后得名"军事癫仔"）自知颜面扫地，为了泄愤，他们把老万一顿狠揍。至今，老万的胳膊肘都伸不直。

另一件事是这样的——

那时候，有一款 NOKIA 手机刚刚上市，型号是"8850"，时价将近5000块。一个新买了这款手机的工人，在工友中得意扬扬地臭显摆，众人都啧啧称羡，唯独老万鄙夷地说，5000块？傻瓜才买！8850最多2800块！嘁，吃了大亏还蒙在鼓里呢！老万当时已隐隐具备"巨炮"风范，因而没人接他的话茬儿，连8850的主人都懒得跟他计较。不信？你们谁想买？给2800块，明天立马给你送来！——不用说，他得到的除了不屑就是白眼。

谁知第二天，老万就将一部崭新的8850手机带到车间，并且把发票优雅地夹在手指之间展示。大伙儿一瞧，白纸黑字的确写着单价2800元。老万顿时令人刮目相看。比市场价低了近一半的价格没法儿不让人心动，于是，钟情于8850却囊中羞涩的工人们你买我也买，纷纷把钱交给了老万。这一"炮"轰得尸横遍野死伤无数，甚至连车间主任都将2800块钱信任有加地交到了老万手上，并笑呵呵地说，小万呀，下午你就不用上班了，给你放假去给大伙儿买手机……

手机当然没有买成。让老万得以避免被打成严重残废的原因是，他在出发之前突然但尚算及时地说明：2800块的8850是水货！——要买水货哪儿用得着求他呀！

这事儿的后继报道是，关于 NOKIA8850 水货版，有人在手机柜台稍一砍价，就能以2650元的价格买到手。从此，老万名声大噪。有人可能一时想不起厂长叫什么名字，却没人不知道"第一大炮"老万的威名。

不过在手机事件之后，老万学乖了，他的"炮口"不再对准那些很容易被证实真伪的目标，转而指向真真假假云山雾罩的事件。例如，他说他有20万法郎的存款——看存折？那可不行，传出去会让小偷起歹心；他有一部长篇历史小说在杂志上连载——什么杂志？不告诉你，我老万不是沽名钓誉的人；老万的舅舅向"国家有关部门"上书，指出人民币上的一错别字，就是"贰分"硬币上的"贰"字，不信你找一枚来看看……

起先，还有些穷极无聊的人愿意听听他的"炮"声——解闷儿嘛，后来发现这些虚张声势的"大炮"火力假得可笑，可笑到听众都不愿意笑了，他还居然一本正经郑重其事没完没了地"开炮"……渐渐地，盛名之下的老万人人厌恶，再没人愿意答理他。就连开会的时候，工友们也不让他挨着坐。这么说吧，老万就是一摊鼻涕，要是不小心蹭到衣服上，你说该有多恶心？

被彻底孤立的老万只好跟不明就里的本厂以外的农民工混作一堆。他在他们中间开"大炮"，比较有影响力的计有：老万能以批发价搞到上千吨化肥，不过加上运输费用，比零售价略高；老万即将承包高速公路80公里的建筑工程，后来经过工程预算，只能净赚200万左右，利润太低，宣布作罢；老万之所以推掉年薪30万的外企职位，是因为舍不得离开厂里众多兄弟……当然还可以说出很多，恕不赘述。只是没多久，农民工们就跪求老万：万大哥，万师傅，要不叫您万大爷，求您别跟着俺们了！人家都在议论俺们农村人有病呢，俺们实在丢不起人，您老还是哪儿凉快哪儿待着去吧……

如今，如果某人对某事表示怀疑，通常会问：这事儿不会是老万说的吧？

种瓜人

○何　涌

春天，种瓜人来到河漫滩。他之所以相中这里，是因为这儿离家远，能让他暂别那些一时还无法面对的人和事。种瓜人就租下来，准备种瓜。他这么盘算的时候，手正触到了大牢里最后一次剃下的光头。心里想，这季瓜种完了，头发也就长起来了。

而现在，瓜蔓已经爬满了空旷的河漫滩，毒日当头，微风吹拂，碧绿的瓜叶像戏水的鱼群，调皮地翻动泛白的背光面，几十亩瓜地风推叶动，涌起绿白相间的柔和波浪，满地西瓜暴露无遗。丰收在即，种瓜人的心里，暗生着一丝丝甜蜜。劳动和时间在淡化他心头的伤痛，河漫滩上舒畅的晨风，河道里的流水喧哗，瓜地里独有的花叶清香，叶面上自由跳动的阳光，让种瓜人的心境一天天开朗起来。

一个星期六的晚上，瓜地里的瓜被人偷吃了一个。星期天晚上，又被人偷吃了一个。种瓜人心里不高兴，但这不高兴还没爬上眉梢，就已经下了心头。他想，多大一回事，不就两个瓜嘛。

接下来的周末，瓜地里的瓜又以同样的方式一天减少一个。瓜皮丢在原地，像一双双血红的眼睛瞪着种瓜人，像旋转的警灯晃动着他的双眼。种瓜人觉得，再不能这样下去了。周一到周五，种瓜人没有动作。好像是周六才决心要捉吃瓜的人，晚上就逮了个正着。

"慢点儿吃！"种瓜人站在瓜棚外，朝蹲伏的吃瓜人大声喊。

吃瓜人吓了一跳。天黑得伸手不见五指，想必是种瓜人打冒诈。这么想的吃瓜人愣住，静静地伏着，不吃，也不跑。"不用跑，我不会追你。"种瓜人将三节电池的手电筒揿亮，朝吃瓜人反方向的河岸山崖射去，说，"不射你……既然来了，慢慢吃。"

吃瓜人伏在瓜地里不动弹。他仍然吃不准，种瓜人是真看见他，还是假看见他。如果说最初听到断喝，他还有想跑的念头，当雪亮的电光刺破夜幕，他想起了电影《平原作战》，探照灯打过来，不暴露的最好办法是不要盲目行动。

夜色中，河漫滩地气微热。吃瓜人手里的西瓜散发出诱人的清香，瓜汁慢慢地渗出瓜瓢，沿着吃瓜人僵持的手心手背往下缓缓流着，像几条暗夜里出来找食的毛毛虫爬错了叶子，痒得他心里麻酥酥的。种瓜人喊过话，吃瓜人的紧张情绪松弛了不少，定定神，舌头才伸出来，舔过手上蠕动的瓜汁，听种瓜人发落。

"吃完了既往不咎，吃不完不准走。"种瓜人还说，"吃不完走了，我到学校请你。"

吃瓜人手臂发凉，然后发酸。知道自己碰上了刁钻的主儿，轻轻地挪抬了一下身子，恭敬不如从命，开始在黑暗中小口小口地啃起来。吃着吃着，吃瓜人竟然想笑，觉得今儿晚上的遭遇有点儿传奇。就抬起头来，想看看那个种瓜的人。

"吃完没?"种瓜人问。

"吃……吃完了。"吃瓜人怯怯地答。种瓜人就听到一个正处于变声期的男孩子的声音，像夏夜的河风，从瓜地上空掠过，卷起他心头一种莫名的旧痛。

"完了好。答完我的问题，你就走人。"种瓜人问，"这是第几次吃我的瓜?"

"第五次。"吃瓜人小心地答道。

"错!"种瓜人说,"这是最后一次。"

吃瓜人"嗯"了一声。他觉得种瓜人肯定爱玩脑筋急转弯,说话不容人反对,有气势,能镇住堂,不像是个种瓜的人。

"好不好吃?"种瓜人又问。

"好吃。"这时,吃瓜人已经吃完瓜,摸索着在泥沙上蹭蹭手臂,在瓜叶上擦擦掌心里的汁水,然后抬起上半身,从茂密的瓜叶间探出头来,好奇地向高处的瓜棚张望。

夜色浓得什么也看不见。种瓜人吸了一下纸烟,不过吸得很浅,烟头明亮了一下,还没等吃瓜人看清楚他的脸,又忽地一下垂滑向下,很久都不曾再动,仿佛划过夜空的萤火虫,把种瓜人拖进了久久的沉思之中。有灯火在远山上闪着,气氛有点儿像武打片中的某个场景,使吃瓜人越发好奇。

"你是谁?"吃瓜人反客为主,大着胆子问种瓜人。

"问我?"种瓜人说,"从前,我是农科所的吃瓜人;现在,我是河坝里的种瓜人。"

明灭的烟火,河漫滩短暂的寂静,让时间加重了吃瓜人浑身的酸痛。吃瓜人想起,已经回答了最后一个问题,而种瓜人还没有作出反应,就说:"我……我答了,我说好吃……"

"好吃?! 好吃要晓得松手!"种瓜人突然发起火儿来,"滚!"

吃瓜人一翻身,站起来要跑,腿已经发麻了。拐了几步,还没恢复正常,已经刺向夜色深处。跑着跑着,却停了下来。让他怅然若失的是,没来得及看清,那个种瓜的到底是个什么样的人。

一只浪漫主义的鸟

○老　弦

一只鸟沿着墙根奔跑。

这样的叙述并不完整。实际情况是，还有三个老太太追着这只鸟在奔跑。

这三个老太太大概是出来晨练的，我见过她们。她们一般是三五成群，在小公园里边说话边伸胳膊蹬腿，或者攀在某根树枝上晃悠，不管做何种动作，都显得迟缓。但现在却不同，她们三面包抄在围捕这只鸟，动作显得敏捷得多。

这只鸟也并不是总在奔跑，它跑上十来米，把追捕者甩开，就开始走，两只爪子一前一后地挪。虽然只有走上几步的时间空隙，但那几步仍然优雅，不像麻雀总是跳，急促，也不像鸡，总是探头探脑地试图发现什么食物。只有几步，却很像悠闲的散步，给我留下了很深的印象。

然后它又跑，因为老太太们又追了上来。我想，它停下来散步，大概以为追它的人会停下来，危险已经过去了。但它显然错了，三个老太太锲而不舍。这样跑跑走走，有七八十米，就离我很近了，我也看清楚了那只鸟。

说真的，这不算是一只美丽的鸟。它的羽毛棕黄，黑喙，比麻雀大一些，腿比一般的鸟儿稍长。我对鸟类是个外行，认不出这是一只什么鸟儿。

老太太们还在追，但只有一个大体能跟得上这只鸟儿的步子，这是三个人中较年轻的一个。我注意到她接近鸟儿的时候，策略有点变化，不像刚才一味猛扑，而是放轻了脚步，慢慢接近，再扑。但鸟儿对她的策略似乎是视而不见，等到她的手掌快要挨到羽毛时，才一跳，快跑，使她的动作一下子落空。这使它看上去像是在戏耍她。紧张，又有点让人兴奋。

但我显然高估了这只鸟儿的智商。前面墙根的拐弯处出现了一个编织袋，那户人家正装修房子，这只袋子原来大概是盛水泥的，现在空了。鸟儿发现了它，像找到了庇护所，一下跑过去，藏在了下面。

对于三个老太太来说，这显然是个惊喜。她们一起围拢了过来。我听到了鸟儿的叫声。随后，它出现在年轻一点的老太太的手上，另外两个也伸手去抚摸。

"它为什么只是跑？"我问。

"没看到我们在捉它吗？"

答非所问。其实我想问的是：它如果飞的话，又有谁能捉住它呢？于是我又说："那它为什么不飞呢？"

"为了让我们逮住它呀！"其中一位老太太大概心情愉快，顺势幽了我一默。

但她们太兴奋，似乎放松了警惕。那只鸟突然扑腾起翅膀，一下子挣脱，在几位老太太的惊呼声中箭一般蹿起来，转眼间消失在树丛中。

"它终于还是飞了。"我不合时宜地又加了一句。

她们先是愣怔，然后对我怒目而视。

这使我羞愧，低着头慢慢地走开。

但我还是在想：它为什么要在墙根一带走路呢？从它的身体构成来看，它有翅膀，能飞，它还有腿脚，那么，散步也该算是一种很正常的行动吧。

几乎看不到鸟儿散步。但这一只，或许心里盛满了浪漫主义，就想在人们惯常散步的地方也散散步。但它显然错了，直到它被人抓在手里的时候，才猛然醒悟，这里可不是它散步的地方，它只有飞快逃走的份儿。

远去的铁包金

○佚 名

草原上狼多。牧民格桑家的帐篷在草地边上，却很少有狼光顾。狼不敢来，是害怕格桑家的三条藏獒。一公一母两只成年藏獒壮硕威武，死在它们口下的狼不计其数。它们的孩子，一只叫小铁包金的公獒也是骁勇善战，曾独自咬死过一只大狼。

一天，过路的牧民在格桑家借宿。客人的目光始终没离开过小铁包金。豪爽的格桑看出客人真心喜欢这只小藏獒，就把它送给了他。

过了几天，小铁包金居然自己跑回来了。但格桑还是狠狠心将小铁包金送了回去。

几天后的一个傍晚，小铁包金又跑了回来。这次格桑没让它进帐篷。第二天清晨格桑走出帐篷时，发现满身霜花的小铁包金还在外面守候着。格桑硬起心肠冲小藏獒扬起了皮鞭。小铁包金没有躲避，任皮鞭结结实实地抽在身上。格桑抽完后扔下鞭子，红着眼睛钻进了帐篷。小铁包金一瘸一拐地走向女主人，用身子蹭了蹭她的腿，又舔了舔她的手，然后小铁包金又走向两只大獒，和它们碰了碰鼻子。这次，小铁包金也似乎下定了决心，它转身一瘸一拐地走向了远方，再也没有回头。

一个月后，格桑家的母獒产下了六只毛茸茸的小獒。但偏偏在这个时候狼来了，黑压压的一片，足有五十多只。公獒狂哮着冲出了帐篷，母獒也拖着虚弱的身子冲了出去……当附近的牧民骑马吆喝而来时，狼群这才逃走，但两只藏獒已战死在雪地里，它们的肠子流了一地，而狼也丢下了五具尸体。

第二天清晨，一条消息使整个草原陷入了一片恐慌：狼群昨天叼走了一只刚出生的小公獒！草原以外的人绝对不能理解这件事有多么严重——如果这只小公獒被狼养大，将成为嗜杀成性的魔獒狼头。

草原上迅速组织了打狼队，但打围了几天，只打到了几条老弱病残的孤狼。狼群主力似乎从草原上蒸发了。

这年春天，草原上诞生了新的獒王，一只威武雄壮的狮头金獒。

刚入冬，狼害便频频发生，似乎一夜之间，数不清的狼都从地底下钻了出来。

獒王狮头金獒也嗅出了魔獒的气息。在一个月朗星稀的夜晚，獒王统率的群獒与魔獒遭遇了。魔獒坐在草地上，它身形巨大，全身漆黑，面目狰狞，狼群就在它身后几十米处长嗥，似乎在为它助阵。一只勇敢的藏獒首先冲向魔獒。魔獒依然端坐着，在公獒接近的那一刹那，猛地一闪，硕大的头颅一摆，大嘴一合，便咬住了公獒的喉咙。不一会儿，那只公獒便轰然倒地了。

狮头金獒站起来，金灿灿的长毛奋然一抖，怒嗥一声跃了上去……

战斗是惨烈的。两只猛獒的嗥叫声惊天动地，它们厮咬着，翻滚着，它们身下的雪地被压成了雪坑。最终倒下的仍然是狮头金獒。牧民们呆住了。那简直不是獒，是魔鬼，它居然能一口气咬死草原上最雄壮的獒王。

这时，人群中不见了格桑，他端着猎枪直朝魔獒奔去，风在耳边"嗖嗖"地响，格桑已然将生死抛在了脑后。

格桑想冒死近距离对准魔獒的喉咙开枪，但魔獒没容他走近便长嗥一声扑了过来。格桑匆忙中开枪，"砰"的一声子弹从魔獒头上擦过。魔獒发出令人毛骨悚然的嚎叫，庞大的身影眼看就要淹没了格桑。

就在这时，旷野中一团黑影闪电般地袭来，"砰"的一声，如平地闷雷，魔獒硬生生地被撞开了。一只身形巨大、壮硕威武的铁包金公獒如狮子般屹立在雪地上。

恼羞成怒的魔獒咆哮一声扑了过去，铁包金硬碰硬地迎头而上，头颅撞击头颅，钢牙碰钢牙，轰然有声。战斗一开始便惊天动地，地动山摇。两只公獒的身上渐渐皮开肉绽。当铁包金气喘吁吁的时候，魔獒便开始了反扑，血盆大口直取铁包金喉咙。铁包金虽然躲开了，但肩膀上被硬生生地撕下了一块肉。魔獒再次猛扑过来。这次，铁包金硬碰硬迎头而上，就在要相碰的最后一刻，铁包金腰一拧，一闪，头一低，口一张，它的钢牙钳住了魔獒的左后腿。只听"咔嚓"一声，魔獒的腿骨被咬断了。魔獒愤怒地咆哮着，铁包金乘胜追击，蹿上去一口咬住了魔獒的喉咙。魔獒暴跳如雷，试图甩开对方，但铁包金死死咬住就是不松口。

许久，魔獒的怒嗥渐渐变成了沙哑的惨叫。血从魔獒的喉咙里喷出来，它终于倒下了。狼群发出一阵凄厉的嗥叫，迅速消失在夜幕中。

月光下，威武的铁包金小山般屹立着，所有的藏獒都昂起了头，一声比一声动情地叫唤着，似在吟唱一首悠长的歌曲。铁包金侧耳听着，良久，它缓缓地缩紧身子蹲坐下来——它伤得太重了。"扑通"一声，格桑跪下了，他认出了这只铁包金，就是当年被他用皮鞭赶走的小铁包金啊！藏獒是具有强烈自尊心的，两年了，它居然一直生活在野外，是他把它逼成了一头无家可归的野獒。但即使被抛弃，它仍然暗中保护着昔日的主人。

所有的牧民都跪下了。人们看到铁包金甩了甩巨大的獒头努力站了起来，然后掉转了伤痕累累的身躯，一步步走向了荒野，渐渐消失在一片茫茫夜色中。此时，所有的藏獒都肃立着为它送行，它们用低沉的声音吟唱着，在旷野中形成了一首哀婉的歌。

猎　人

○杨　涛

一只、两只、三只、四只、五只、六只……

猎人拿起第七只青蛙时，看看锅底只剩下三只可怜的小蝌蚪了。猎人生气地大叫："这是怎么回事啊？"

猎人老婆诚惶诚恐地跑到猎人面前，说："我翻遍整座山了，有水的地方我都找了两遍哩，青蛙确实给逮精光了。"

"这不是叫我前功尽弃嘛！"猎人有点想发火。

"蚂蚱可以代替吗？我顺便捉了一袋子回来。"猎人老婆小心翼翼地说。

"还不快做给我吃！"猎人吼道，"这些小不点儿，至少得吃 100 只才行。"

没料到，蚂蚱用头等白面裹了，放油锅中炸炸，味道居然比盐水煮青蛙好出十倍呢！

猎人美滋滋地吃完 100 只蚂蚱，打着饱嗝呼噜呼噜地睡了一夜。

第二天一早，猎人醒来，揉揉眼睛走出卧室。他惊奇地发现自己像一条狗一样趴在地上，他感到双腿双臂有用不完的劲儿。猎人像蚂蚱一样舒展了一下胳膊腿儿，一跳，居然跳到他家院中那棵三米高的枣树上。猎人从枣树顶端摘了几枚红透的大枣塞进嘴里，他凶狠狠地想：这下看野兔还跑得了嘛！

傍晚落日的余晖中，猎人回来了。他手中提着一只刚断奶的小兔子，嘴中骂骂咧咧地说："没想到兔子都它娘的长出翅膀来了。"猎人一进家门就又吼他老婆，"快去给我逮麻雀去，最孬也得 100 只哦！"

烦躁的猎人整天整夜地在家研究如何捕捉飞翔的兔子。

这些天猎人的晚餐都很丰富，顿顿四菜一汤：凉拌蜜蜂、清蒸麻雀、醋熘蝴蝶、爆炒苍蝇和酸辣蚊子汤。

吃了几天带翅膀的食物，猎人的双肩上果真长出了一对翅膀。猎人来到宽敞的地方，助跑了几步，试飞成功，翅膀拍打次数竟达 1000 次/分钟。猎人飞到自家房顶又从房顶滑翔下来，他说："看兔子还怎么逃出我的手掌心！"

当天傍晚，飞了一天的猎人又回来了，他手中还是没一只野兔。他沮丧地对老婆说："野兔都学会游泳了，它们钻到水里，连一根毛也不让我看到。"

猎人老婆安慰猎人说："你别急坏了身子，我们还可以喝麻雀汤的。"

"可我多想痛痛快快吃顿丰盛的野兔肉啊！"猎人很固执。

"没事的，我马上去给你逮比目鱼和泥鳅，比目鱼是潜水能手，泥鳅能深入水底的污泥中，吃了它们，你就不怕野兔下水了。"

猎人吃了 100 条比目鱼和 100 条泥鳅，摸着圆滚滚的肚子酣睡一夜。

第二天醒来，猎人就发现脸上痒痒的，站到镜子前一看，他看到脸上多了两个像金鱼一样的腮帮子。他走出家门，跳进池塘，潜进水里，老半天才吐出一串水泡，浮出水面来换气。

会潜水的猎人，又兴冲冲地出门去打兔子，在水里泡了一天，又是连一根兔毛都没捞着。倒是在潜水时几次碰到了水蛇，水蛇也在找野兔，猎人还差点让水蛇咬了手指。

掌灯时分，猎人失望地回到家中。他对老婆说："我发现我的脑子怎么这么笨啊，狡兔三窟，它们在水里的住处如迷宫一样。"猎人叹了口气，接着说，"恐怕你得上山给我逮猴子去，看来我得吃猴脑了。"

第二天，猎人老婆天蒙蒙亮就起程了。

猎人等了四五天，都等得不耐烦了，猎人老婆才背着一个沉甸甸的大麻袋回来了。猎人打开麻袋一看，没一只猴子，倒是有满满一袋肥硕的大野兔。

这时，猎人才注意到自己的老婆，他发现她竟变成一只浑身长满长毛的金丝猴。她的大腿像青蛙一样壮实，她的肩膀上长着一对老鹰翅膀，她的腮帮子像金鱼一样。

"看来，这娘儿们已经是个出色的猎人啦……"这样一想，猎人竟感到自己有点儿英雄气短了。

梦里的罐头

○贺 鹏

那年地震，我们村塌了两间窑洞，死了六口人，剩下的窑也裂了缝，活着的人都像惊弓之鸟，战战兢兢。

那时虽然已经立春，可冬季的寒冷还没有退却，全村人都住在外面搭起的小帐篷里。

我们几个孩子刚开始看见六具尸体挺害怕的。过了几天，大家都住在一块儿，不仅热闹，还能吃上拉了丝的面包，觉得很好。帐篷外的板凳上倒立着一个烧酒瓶子，大人们说是测地震的，可几天也没见它倒过一次，我们都挺失望的。

说实话，我们这些孩子都希望地震。虽然那些援助食品如月饼和面包等到了我们手里都已拉了丝，但毕竟我们是第一次吃觉得香得很。

一天晚上，父亲从外面回来的时候，手里拿着一瓶罐头，是苹果的。他一句话也没说，坐下来看了我们兄妹几个一眼，又盯着母亲看。我觉得父亲有些异样，但不敢出声，看见了罐头也不敢高兴。

母亲声音很低，问了一句："哪来的钱买罐头？"

"我把那件羔子皮皮袄卖了，把欠他红叔的钱还上，正好还剩两块钱；听说今天夜里还有大震，谁知道是啥结果。我寻思买上一瓶罐头，让娃娃们尝一尝，就是万一有个啥，也不枉来世上一趟。"父亲的声音很低，也很沉重。

170

我听得真真切切、清清楚楚，大震可能又要死人的。

母亲哭了。

父亲把弟弟和妹妹都从睡梦中叫起来，用筷子夹起罐头瓶里的苹果块，每人一块，轮流着喂我们几个孩子。我因为知道了这是最后的晚餐，眼泪掺着罐头，到底是什么味道一点都没有吃出来。到了最后，父亲用小勺喂我们罐头水，我才稍微觉出了一点点甜味。

弟弟妹妹们在睡梦中吃东西，东倒西歪的，吃完最后一口就又钻进被窝里睡觉去了。父亲把罐头递到了母亲嘴边，母亲撩起布衫的前襟擦了擦眼睛，伸出手来挡了一下，对父亲说："就最后一口了，你喝了吧，那年我在城里二姑家还吃过一次罐头呢。"

父亲端着小勺的手被母亲推回来，停了一下又伸到母亲面前，母亲还是遮挡着，并用手推了一下父亲的手，父亲没有抓稳小勺，把罐头水洒了几滴，母亲的脸马上就沉了下来。

"不是和你说过了吗？我在城里吃过罐头，剩下一点点罐头水了，让你喝你就喝了，推来推去，真是的！"

父亲实在没办法只好把小勺支在自己嘴上，"哧溜"一声吸了一口，抬起头来对母亲说："还有一点点，你喝吧。"

母亲又哭了。

后来我就慢慢睡着了。第二天一大早，我一睁眼，板凳上的那个烧酒瓶子还立在那里，我知道夜里没有地震，我们还活着，便兴奋地穿上衣裳要出去，听见母亲在外面正责怪父亲："你说你这个人，听着风就是雨，风风火火卖了皮袄，看你今年冬天还穿啥？罐头，不就是嘴上香一香，顶个啥用？再说，娃娃们瞌睡打盹儿的，连个啥味道也没吃出来，你说你干了啥事？"

父亲长长地叹了口气，自言自语地说："咋就不地震呢？"

井底之蛙

○石 磊

古井里有两只青蛙，一母一子。其子从来没有离开过古井，总想到外面去看看，但因井底距井面很高，无法如愿。有一天，大雨倾盆，下了三天三夜。井水满了，青蛙终于有机会跳出古井。当青蛙跳出古井时，天一下开阔了。它感到一切都是那么新鲜，琳琅满目，各种不同的声音也灌耳而来。外面的世界真的很精彩，它该感谢这场洪水。在井底里，它能看到的只有老母亲。

井蛙高兴地奔跑起来，见到谁都十分亲热，都跟它们打招呼。走着走着，井蛙看到一条眼镜蛇，它不知道蛇是蛙的天敌，快步上前跟蛇打招呼，说："你好。"

眼镜蛇看着向自己奔来的井蛙，一时蒙了。眼镜蛇心想：所有的青蛙见到我都是拼命地逃跑，哪像这只井蛙，不但不逃跑，反而显出亲热。眼镜蛇高昂着头，张开血盆大口。当眼镜蛇看到井蛙的肤色时，感到有点不对劲。因为井蛙在井底里从没有见过阳光，皮肤雪白雪白的。眼镜蛇认为它是一只毒蛙，所以才不怕自己。因而，眼镜蛇不敢轻举妄动。井蛙见眼镜蛇不理它，也就跳开走了。

井蛙走了没多远，碰上了几只青蛙，其中，有一只青蛙对它说："你的胆子好大啊，那最凶最恶最毒的眼镜蛇，你也不怕?"

"什么，那就是眼镜蛇?"井蛙一听，大吃一惊，脸色也变了。

此时，井蛙想起了母亲的话：那身子长长的圆圆的就是蛇，它们是最可怕的，它会把你整个身子吞进去。想到这，它浑身起了疙瘩，又禁不住回头望去。不看则已，一看吓一大跳：眼镜蛇逮住了一只大老鼠，那只老鼠至少比它大五倍。顷刻，那只老鼠被眼镜蛇吞了下去。

井蛙害怕起来，追赶前面的几只青蛙，想远远地离开眼镜蛇。不一会儿，井蛙追上青蛙们，和它们一起在绿油油的稻田里觅食。井蛙看到一只小黄蜂，以为小黄蜂就像苍蝇、蚊子之类的昆虫。井蛙看着小黄蜂想：外面的世界真好，什么美味都有。井蛙张开嘴巴去逮小黄蜂，被小黄蜂蜇了一下，痛得乱蹦乱跳，哇哇大叫，嘴巴一下子肿起一个大包。井蛙的痛还没有消失，又听到同伴叫起来："抓蛙的人又来了……"井蛙不知道隐蔽，很快被抓蛙的人抓住了。抓蛙人看着手中的井蛙，自言自语："嘴上长着一个包，不是长瘤了吧？"抓蛙人想了想，又把井蛙扔回了田里……

雨刚停，几只青蛙想返回河里，井蛙的速度很慢，走在最后面，落下一大段距离。忽然，走在前面的青蛙又大叫起来："快往河里跑，鹰来了，鹰来了。"

井蛙心想，这回自己死定了。自己落在最后面，肯定被鹰追上。它回头看，看不见鹰。前面又没有，鹰在什么地方？忽然，鹰从天空俯冲而下，叼住前面的一只大青蛙，又飞上了天空。这回井蛙才知道：鹰是从天上来的。鹰为何不抓自己呢？也许是因为自己掉队了，鹰没有发现。

前面的几只青蛙都跳进河里，井蛙不敢怠慢，也加快了脚步。井蛙一到河里，那几只青蛙已不见踪影，不知到哪儿去了。井蛙东找西找也找不到。此时，井蛙看到几条大黄鳝向自己游来。井蛙以为黄鳝是蛇，掉头拼命游走了。好不容易，井蛙才摆脱了黄鳝。

井蛙从井里上来，遇到了这么多的危险，几次险些丢了生命。它越想越害怕：外面虽然精彩，但危机四伏，无处不险，随时都可能丢掉生命。这样的日子没法过了，井蛙从河里爬上岸来，想回到井里去。

几经周折，井蛙终于又回到了古井里，继续和母亲过起太平的日子。

笑　纹

○青　蛇

年少时，他喜欢过一个女孩子。

那女孩子很开朗活泼，一点点小事就会笑得阳光灿烂。一笑起来，上唇和鼻子之间就会出现一道横纹。

那是一个很漂亮的女孩子。越是漂亮的女孩子，越容易对自己的容貌不满意。女孩子不喜欢这道横纹，曾对他说过将来有条件了，就去做个手术去掉它。他却爱煞了这道笑纹，觉得那是女孩子最动人的地方。他常常用尽了心思哄她开心，收集了许多笑话逗她发笑，只为能看到那道笑纹。

仅此而已。两个人之间，并没有发生什么浪漫和传奇。

毕业后，他们就分开了。

他们在两个不同的城市，有着不同的环境和新的生活圈子。开始时，偶尔还通一两封信，时间长了，便渐渐失去联系。生活的车轮滚滚向前，许多往事都已淡去。他工作，跳槽，升职，恋爱，结婚，按揭买房，有了孩子，开始发福。终日忙碌，已经少有时间用来回忆。

只是，在恍惚间，他还会忽然想起那道笑纹来。

只是笑纹，连她的模样，都日渐模糊了。

这天，他到外地出差，完成任务后，便去火车站买返程车票。售票大厅里人很多，排了一个多小时队才到售票窗口。人声太嘈杂，他伏下身子，对着小窗口说："到 A 市，一张卧铺票。"

那售票员对他一笑，上唇和鼻子之间，出现了一道明显的笑纹。

像一道闪电，忽然击中了他。他忽然满头大汗，嗓子发干，身体僵直，如泥雕木塑一般。

身后的人不满地推他，他才意识到自己的失态。勉强一笑，接过她递来的车票和零钱。临转身时再一次看她，她还是对他微笑，那道笑纹，竟是如此清晰。一如当年。

——是她，是她，绝对是她！

——不是她，不可能是她，十多年过去，她绝不可能还是当初的容颜。

他愣了许久，又一次站到队尾，排了一个多小时队，然后到售票窗口，又买了一张到 A 市的车票。

从小窗口里，看到售票员诧异地笑，唇上方出现一道笑纹。

还是个孩子呢，最多也就十八九岁吧。

是她的女儿吗？他为自己的这个想法感到好笑。她并不在这个城市，再说，哪有可能有这么大的女儿？也许，是与她血缘相近的亲戚？或者，只是不相干的陌生人？

发车的时间要到了，他已来不及再去排一次队，再看一次那刻骨铭心的美丽笑纹。

夜，万籁俱寂，唯有火车发出巨大的轰鸣向远方奔去。逝者如斯，像一去不复返的青春岁月。

于无边的黑暗中，他躺在卧铺上，抚摸着那两张车票，静静微笑，然后，落下泪来。

身后的脚步声

○钱柏生

那个黄昏，兵被分到一道沟哨所。

兵的到来让哨长兴奋得泪花闪闪，一个人的生活终于结束了。老兵退伍之后，哨长一直独守哨所，三顿饭都是连部派人送来。可是兵看着眼前低矮的两间平房，身子一下子就软了下去，屁股差点坐在了地上。

简单地收拾行李之后，天完全黑了下来。哨长开始领着兵沿着柏油路，一边巡逻一边介绍情况。

一道沟哨是流动哨，负责警戒 N 个库房。两边的山不算高，沟底窄处二十多米，宽处七八十米，呈 S 形，南北走向。哨所在山沟的最北边，从哨所沿柏油路向南走 1.5 公里的地方，有一座桥。从桥沿西去的柏油路两公里的地方是连部。一道沟的警戒区域是哨所和桥之间。

走到桥头，哨长对兵说：今晚你前半夜岗，我后半夜。现代社会什么都讲速度，咱们上岗也一样，要速成。我就带你一趟，你自己多走多观察多思考。哨长说完塞给兵一把手电筒，掉头朝哨所走去。

黑暗一下子包围了兵，兵把手伸出来看了看，第一次真实地感觉到了什么叫伸手不见五指。兵浑身起鸡皮疙瘩，头发也竖了起来。从小到大，他最怕黑，在家时，从来没走过夜路，有时半夜起来去院子里上厕所，总得喊个人陪着。没想到现在……兵感觉一下子掉进了夜的窟窿里，心脏与不知名的鸟鸣此起彼伏着。一阵山风吹来，兵浑身哆嗦了一下，两眼湿起来，他想起了故乡的灯火，他抬头朝天空寻找，星星都不知了方向。兵心中涌出一股很重的失落。

兵开始埋怨哨长，第一次带岗就这么短的时间，好歹才来哨所的啊。兵想，哨长肯定是在山沟里待时间长了，人也冷漠了。兵对哨长的感觉一下子冷了。

兵有些恐惧，但是手中的钢枪却让他有了那么一丝丝的安慰，有钢枪在手，怕什么？兵想起下连队前的那次教育课上，连长说过的一句话：什么东西都害怕枪。何况还有手电呢？手电光，那就是黑夜里的一盏灯火，它能照亮脚下和前方的路。那些话让兵壮了胆。兵用手电光照了照四周，一草一木都看得很清楚。兵亲吻了手电筒一口，高兴起来，再黑的夜只要有灯光，便不是夜了。哪里有害怕的东西？害怕都是自找的。

兵没有忘记自己的职责，他打着手电沿着柏油路认真地检查每一栋库房，不知不觉中，兵走回了哨所。宿舍里的灯亮着，他推门的同时，喊了声：班长。哨长的声音没有响起，他仔细看了看，屋里根本没有人。兵想：这么黑，班长会上哪儿去？

兵喝了一杯凉开水，然后推门出来沿着柏油路继续巡逻。快到桥头时，手电光慢慢地暗了下去，一会儿就没了亮光。手电是充电式的，说没电一下子就没了。手电光一下子没了，兵感觉黑暗更重了。偏偏北风在这时候呼呼地刮了起来，害怕的感觉再一次侵袭了兵的全身。

兵想，摆脱害怕的最好的办法是回哨所，哨所外头有盏灯一直亮到天明，看见灯光，就不会害怕了。兵这样想着，迈开步子加速朝哨所走去。

风呼呼地刮着，兵加快了步伐。走着走着，兵的耳朵里传进一种动静，兵竖起耳朵，听出来是一个人的脚步声，虽然很轻，但兵能感觉到声音就传自身后十几米远的地方。

怎么会有脚步声？兵的毛孔陡地竖了起来，他轻轻地闪身蹲在路边的一丛冬青树后。脚步声越来越清晰。兵一下子卸下肩上的钢枪，大吼一声：谁？没有回音。兵又大吼一声：再不说话，我就开枪了！兵边说边拉开了枪栓。

是我，别开枪！

兵听出是哨长的声音，声音很急促。

班长，你这是干什么？兵问。

第一夜上岗害怕吧？

要说不害怕那是假的，不过，你这样跟着，我的肝和胆都快掉出来了。

我……我是怕你害怕，所以一路跟着你……哨长轻轻地拍了兵的肩膀一下。

兵没有说话，心中却长出一种叫感动的东西。

后来的日子，每当兵上岗，都会隐约听见有脚步声一直跟着自己……

食 神

○周小星

刀，极薄，长六寸三分，宽二寸四分，重四两四钱，很旧。

刀有许多种，有的价值连城，有的差一点，但绝没有一文不值的刀，因为再钝的刀，也可以用来杀人。刀的价值，有时是因为刀的材料难找，有时是因为刀鞘上镶的宝石，也有时是因为铸刀人的名气，但最有价值的刀，是因为用刀的人。这把刀就是。

这是把相当朴素的刀，甚至从来都没有刀鞘，刀从刀鞘里拔出来，也需要时间，刀的主人却不愿意等，他不愿意浪费任何的时间。刀柄是木的，原本已经有些松动，它的主人用布极小心地把它重新包好，固定了。

这是把名刀，已被岁月磨去了棱角，只是在近刀背的地方，依稀可以看出"川白"两个字来。很多人都以为这把刀来自东瀛，"川白"是北海道的一个小渔港。只有他自己知道，这根本就不是"川"字，而是"小"。以前，这把刀上有三个字，而且很深。他还记得那三个字，是"张小泉"。张小泉，是个古人。史载：康熙二年，张小泉在杭州，吴山脚下，大井巷。没有人知道他是哪里来的，也不知道他的武功是哪里学的。他看来无门无派无招无式，可他在短短的几天里，便做下了轰动武林的几件大事。他非常聪明，用龙泉宝剑的钢铁，铸了一把奇刀——剪刀；他水性奇好，在钱塘江里待了三天三夜；他武功超群，杀了钱塘的蛇精，不是一条，是一对。从此以后，天下的刀，以张小泉做的为最好。

　　他的手非常稳定，用刀的人，手一定要稳。他也喝酒，但从不喝冷酒，因为喝了冷酒，手就会抖。他的手指修长，每一个指甲都修剪得整整齐齐，他说但凡有一丝没有修剪得当，便会影响出刀的力度和准度。

　　他正在磨刀，用的是硬磨石。他的手非常稳定，将刀面与磨刀石紧紧地锁在二十度角上，一分也不偏，一分也不能偏。磨刀，是门学问，是种艺术，有许许多多的用刀人，在决战之前，总是在磨刀，其实他们不是要把刀磨快，而是要把心磨静。只有心静，才会胜利。现在，他的心就很静，他的刀，正面磨了四百六十七下，反面也磨了四百六十七下，每一下的力度完全一样，如果把刀举起来，刀锋一定在正中。

　　他是喜欢剑的，但是剑只能刺，不能砍，不能劈，不能切。但现在，他就是要切——切菜！

　　一个刀手，是寂寞的；一个高手，是寂寞的。他是最寂寞的。

　　他取出一根黄瓜，新鲜的，最好的黄瓜。好黄瓜有刺，又不太扎手，扎手的黄瓜水分不够，是烧不成好菜的；没刺的黄瓜，子多，就更不能用了。他拿起黄瓜，一剖为二，将平面紧贴在砧板上，一头已经被斜斜地切了一块，正切的话，黄瓜片太小，乃是刀手的大忌。切黄瓜，要"狠、准、稳、快"。盯着黄瓜，毫不犹豫，一刀下去，绝不反悔，是"狠"；看好角度，选定方向，是"准"；每一次下刀，抬起，再下刀，再抬起的距离和时间，都要分毫不差，切菜的声音，是一种节奏，一种最难的节奏，没有变化的节奏，是"稳"；静若处子，动若狡兔，一旦下刀，刀起如飞，一气呵成，中间绝无停顿，是"快"。

　　他伸出左手的食指和中指，轻轻弯起，按住了黄瓜，大拇指和无名指就顺势夹在黄瓜的两边；他的右手也已经握住了刀，慢慢地移近黄瓜。他的食指和中指慢慢地弓起，第一个指关节朝外。刀的一面终于贴上了他的指关节，说时迟，那时快，他开始切了。每一刀，他都拿捏得恰到好处；每一刀，刀都紧贴着指关节。每一刀下去，他的左手就往后移两毫米，切出的黄瓜也是两毫米。他的左手也很稳，不会多，不会少，两毫米。

他把黄瓜片盛在碗里，撒了点盐。

他又拿出一块肉来，最好的肉。猪的腿肉，是纯精的，没有一丝油，也没有一丝筋。他在切肉片，每一片，也都是一样大小，一样厚薄。肉片，也放到了碗中，淋上料酒，掺入淀粉，撒上盐，拌匀了。肉片极薄，几乎透明。脍不厌细，他知道，只要炒得快，再薄的肉片也不会老的。

黄瓜已经滗去了水，重新洗过，晾着了。

他起了一个油锅，锅不大，油也不多。

他点着了火，火极大。

他站在灶前，一动也不动，他知道，现在千万不能动。四周静得出奇，高手，就要寂寞，就要等待。只有火苗还在跳动，他全身的肌肉已经绷紧，可以看到颈部的血管在跳动，跳得和火苗一样快。

还是没有动，厨房里的温度越来越高，他已经感到自己快出汗了。千万不能出汗，汗是咸的。油抖动了一下，冒起一丝青烟，烟很淡，青色。冒得很快，只有 0.2 秒的时间。

他已看到，他已出手。

半碗肉片已经倒入油锅，他快速地翻炒，他的右手拿着锅铲，来回翻动，才几秒钟，肉已熟了。

菜没炒好，他却关了火。难道这个菜已经烧坏？高手烧菜，稍有瑕疵，就会倒掉。菜没有被倒掉，他拿起黄瓜，倒入锅里，继续炒着。一缕清香飘起，他也将菜盛在了碗里。

每次大战胜利之后，他就会清啸几声，看着天地，溶在其中。现在，是清啸一声的时候了，他慢慢地抬起头，叫道："兄弟们，开饭了！"

1+1到底等于几

○魏剑美

某一天，身为记者的我穷极无聊，便生出一个恶作剧的念头：给某部门打电话说想问一问"1+1等于几"。

"首先你要提出采访申请，由我们主管宣传的部门批准后我才能接受你的采访。"处长非常老练地回答说。

我说："我只有一个问题，那就是1+1等于几。你可以简单回答我的。"

"对不起，这是宣传纪律问题，"处长显得很有政治素养，"我不能随便回答你。"

没办法，我只好按他们的规矩把采访申请传真过去，经过层层审批之后，终于获得了当面采访处长的机会。

"1+1等于几，这在我们局里早就是一个引起高度重视的问题。"处长一边翻找各种文件一边回答说，"1+1既不同于1+2，也不同于2+1，归根结底它就是1+1，这是我们全局上下始终都有的共识。"

我一边连连点头，一边提醒他："你还没告诉我答案呢，处长。"

"答案?"处长稍微有点吃惊，"你是新来的吧? 答案不是我说了算，而是人民说了算，组织上说了算。你的问题提得很好，我们一定会从组织纪律的高度来严肃对待，一定认真讨论研究，给你一个郑重的答复。"

一周后，局长亲自出面召开记者招待会。

该局的新闻发言人首先发表开场白："最近一个阶段以来，有同志向我们提出 1+1 等于几的问题，我局高度重视这一问题，今天局长和我们的特邀专家一起来现场解答大家的问题。首先有请著名的 1+1 问题专家胡硕教授。"

居然还有 1+1 问题专家啊！

胡硕教授清了清嗓子："1+1 究竟等于几，不能孤立地看待。根据系统论的观点和费耳萨斯定律，还有法国现代伦理学派的相关论述……马克思在《资本论》中也是运用过这一原则的，最近某某领导同志也提倡要高度重视世界观和方法论的学习……我大胆说一句，从专业的角度来分析，1+1 等于 2 的概率相对要大一些，当然这不是最后的答案。"

接着是巴道专家发言："现在社会上有很多人简单地认为 1+1 等于 2，其实不一定正确，比如一滴水加一滴水也不过就是更大的一滴水，是不是？而一只公狗加一只母狗很可能就生出第三只小狗来了，是不是？"

专家之后，是局长代表组织的正式表态："关于 1+1 到底等于几这个问题嘛，原则上说来不排除等于 2 的可能，当然，任何事情都需要一分为二地分析，1+1 到底等于几，我们还需要科学地、严肃地调查研究，做到既对群众负责，也对组织负责，要经得起历史的检验。任何简单断定 1+1 等于 2 或者 1+1 不等于 2 的结论都是不科学的、不准确的、不慎重的。我提请新闻界的朋友注意，不要轻信传言，要有高度的政治头脑和政策意识，坚持主旋律为主的宣传传统。"

新闻发言人最后总结陈词："今天的记者招待会非常圆满成功，关于 1+1 等于几的问题，我局会继续高度重视认真研究。对了，电视台的记者麻烦你们靠近点给我们局长再补几个特写镜头，谢谢！"

阿小的童年

○ 野　平

　　阿小上学以前，父母就告诉阿小，老师说的话都是对的，所以你要去上学。

　　可是阿小不喜欢上学，就像狐狸走路时不喜欢别人踩到它的尾巴一样不喜欢。

　　老师不喜欢不喜欢上学的孩子，所以老师不喜欢阿小。

　　阿小上课时，偷看了一眼停在窗台上跳舞的喜鹊，老师就会批评阿小上课不专心。阿小被批评后，就会问老师一个问题，老师，我想问一个问题，为什么老师说的话都是对的？

　　老师从来不给阿小答案。因为除了老师对这个问题不感兴趣以外，即使给了阿小答案，他还有接二连三的为什么从老师的答案中提起。阿小不喜欢做算术。因为每次做算术，他的手指头和脚指头都加进来也不够他数。他只能厚着脸皮借用经常跟他翻脸的同桌花花的手指头和脚指头。花花就趁机要阿小请一个泡泡糖或把阿小新买的橡皮擦借用她半天。

　　有时连花花的用上了也不够他算，他就会对手上抓了本书的老师说，老师，你的脚不用抓书，可以借给我做算术题吗？

　　老师知道后，就会批评阿小读书不用脑子。阿小被批评后，就会问老师一个问题，老师，我想问一个问题，为什么老师说的话都是对的？

　　老师从来不给阿小答案。阿小也从不放弃对这个问题的提问。因为他一直在证明一个世界秘密，老师并不是万能的。

在所有的小朋友都温顺地活得像战战兢兢的小绵羊的时候，阿小却像喜欢走路大摇大摆、自由进出森林的大灰狼。

老师强迫阿小喜欢小绵羊，并一再强调，大灰狼是坏蛋。

阿小就会问老师，你问过大灰狼了吗？它同意了吗？

老师批评阿小不尊重师长，使坏心眼。

阿小被老师批评后，就会问老师一个问题，老师，我想问一个问题，为什么老师说的话都是对的？

阿小不喜欢大扫除。因为每次大扫除的时候，整个学校就会乌烟瘴气，尘灰就会呛住阿小的鼻子。

阿小每次大扫除的时候，就会跑到后山上呼吸新鲜空气，在草地上闻小草的气息。

老师就会批评阿小好吃懒做，将来一定会变成个二流子。

阿小一再辩解，自己只是不喜欢肮脏的空气而已。

老师不相信，要阿小在其他的小朋友面前做检讨。阿小站在台上，不说话。阿小不想撒谎，因为他真的只是不喜欢肮脏的空气而已，而不是好吃懒做。

其他小朋友都站在老师的一边，打算跟阿小划清界限。阿小很想哭，但他在哭之前，打算问老师一个问题，老师，我想问一个问题，为什么老师说的话都是对的？

阿小喜欢邻居叔叔手风琴的声音。

每次叔叔的手风琴响起的时候，他就会找一条小板凳坐在叔叔跟前，静心地听。

跟阿小一起静心听琴的，是叔叔家的小黄狗。

小黄狗趴在叔叔的脚下，竖着一对玲珑的耳朵，半睁半闭着安静的眼睛。只要琴声未尽，它就不会离去。

阿小的眼神与小黄狗的眼神偶尔碰到一起，阿小就会发笑。因为小黄狗正对着他，圆起自己的嘴唇，小声地吹哨。

阿小喜欢湛蓝湛蓝的天空。因为天空变蓝以后，他屋前的那块池塘的水也会变得湛蓝湛蓝的。他说这样就可以用手触摸到天空的颜色了。

阿小也喜欢暴风雨来临前的天空。因为每次暴风雨来临的时候，学校就会提前放学。阿小就用不着坐在狭小的教室里听老师闷声闷气地讲课，就用不着因为在课堂上睡觉而被打手掌心。

阿小喜欢泥沟里的小泥鳅。因为小泥鳅从不穿衣服，身子可以在泥土里打滚钻洞；弄脏了身子，也不会挨批评。

阿小喜欢秋天的稻田，喜欢偷谷粒的麻雀，喜欢神神秘秘的稻草人。阿小喜欢的东西，还有很多很多，可他就是不喜欢上学。

阿小宁愿跟小黄狗到田野上溜达。

因为有一天，他们在田野上看到一只粗心的小狐狸，走路的时候，踩着了自己的尾巴。

小黄狗过去问小狐狸，为什么会踩到自己的尾巴呢?

小狐狸很生气地对小黄狗说，我喜欢，关你屁事。

因为小狐狸喜欢，所以阿小也喜欢，小黄狗也喜欢。

喜喜欢欢。

沉睡五百年

○于　强

　　63 岁的鲍里斯是资产过亿的大富豪。这天，他在欣赏一场音乐会时突然晕倒，家人七手八脚地把他送到医院检查，不禁都呆了：鲍里斯已经是癌症晚期，最多只能活半年。鲍里斯从 18 岁开始打拼，就在他准备享受时，死神竟然找上了他，这让他十分痛苦。这天，一个自称格林的人来到鲍里斯的病房，开门见山地说："鲍里斯先生，眼下有一个办法，可以让您暂时摆脱病魔。"

　　鲍里斯眼睛一亮，随即又疑惑起来："'暂时摆脱'是什么意思？"格林说，他们研制出一种冷冻装置，外形像一个棺材，活人躺在里面，会不知不觉地被冷冻起来。像鲍里斯这样患绝症的病人，可以在里面先睡上几十年，等以后医术发达了，再解冻让他苏醒。

　　鲍里斯听后，觉得此事匪夷所思，但除了这条路，已经无路可走，就同意了。

　　格林问："您需要购买多少年呢？"鲍里斯想，癌症可不是能轻松攻克的，他决定，干脆把自己冻上 100 年。不久，鲍里斯就与家人告别，睡进了准备好的"棺材"里。

　　不知道过了多长时间，鲍里斯醒了过来，一个陌生男子站在他的面前："您好，鲍里斯先生。"

　　鲍里斯问他是谁，自己在哪里。男子微笑着说："100 年前，您躺进这口棺材，现在时间到了，我是负责叫醒您的。"

"我真的睡了100年？"鲍里斯有些不相信，他觉得只睡了几个钟头。但这不是他关心的，他着急地问男子，人们有没有找到医治癌症的药。男子说："当然，如今治癌症如同治感冒一样简单。"说着，他拿来一个针筒，把一些红色液体推进鲍里斯的血管。很快，鲍里斯就觉得全身发热，一股无名的活力充满身体。"我觉得年轻了20岁。"鲍里斯兴奋地大喊大叫。

可是高兴过后，鲍里斯突然情绪低落起来。男子很奇怪："您的病已经痊愈，为什么不高兴呢？"

鲍里斯难过地说："现在过了这100年，我的家人都已经去世，只剩下孤零零的我。"谁知男子一听，笑了起来："您不用难过，您的亲人都活得好好的。"

"什么？"鲍里斯睁大眼睛说。男子见他不信，就把他带到隔壁一个大房间，里面摆放着无数个冷冻棺材。男子指着其中一口说："这里面是您的母亲。"随后指着旁边的一口，那是鲍里斯的父亲；还有他的妻子、四个儿女、琳达姨妈……鲍里斯的下巴都差点掉下来："难道他们也都得了不治之症？"

"他们没有得病，但是他们怕死。"他告诉鲍里斯，冷冻棺材一经问世就风靡全球，许多垂死的病人纷纷购买，等待治疗的药物出现。可没过多久，许多因为衰老而濒临死亡的人，也打起了小主意，希望能够冷冻自己，等待研制出长生不老的药。

这时，鲍里斯的目光落在一口棺材上，他的眼珠子差点掉出来，那人竟是当年劝他买棺材的格林。这时，男子说："您既然已经痊愈，就请离开这里吧。"

鲍里斯沉默良久说："不包括在棺材里的100年，我已经63岁了。既然大家都在等待长生不老药，我当然也不想例外。你能明白我的意思吗？"

男子重重地点了下头。

"棺材里的人都选择沉睡多少年?"

"500年。"

"那好,我也要那么久。"很快,鲍里斯又躺进棺材里,沉沉睡去。

看着熟睡的鲍里斯,男子为自己倒了满满一杯烈酒,一饮而尽。现在他觉得有些悲伤。刚才他正想告诉鲍里斯,他们两个是这个世界上仅存的还清醒的活人。而现在,世界上又只剩下他一个人了。

"所有人都怕死,都等着长生不老药,可现在只剩下我了,难道要靠我来研制吗?"说完,又一杯烈酒下肚。

不久,醉醺醺的男子有了一个想法。他找到一口棺材,舒舒服服地躺了进去。之后,他把自己冷冻的时间也设定为500年。他笑了起来:"棺材里的各位,500年后,咱们一起醒过来,然后过一个世界上最激动人心的愚人节吧。"

吃河豚

○谢大立

美食家是在另一位美食家大谈吃河豚时悄然离席的。每次有其他美食家谈吃河豚，美食家都会悄然离席。因为当另一位美食家说没吃过河豚的美食家叫什么美食家时，美食家就觉得另一位美食家挤对的就是自己。

另一位美食家能吃到河豚，有吹牛的资本，还得益于美食家。那年春天，他们被一家新开业的餐馆请去品菜，席间还是他说，山珍海味都尝了，只差河豚了。他们就相约着去了江阴。江阴是河豚的产地，素有"吃河豚到江阴"之说。

他们很细心地看厨师杀鱼，为的是日后的话语权。那哪里是在杀鱼，简直是在对待一件神物，下刀轻而又轻，一滴血，一颗鱼子，都是那样的小心翼翼，边操作还边给他们讲，河豚的剧毒就在它的血和内脏上，千万不能弄在肉上……最后拿着那坨内脏说，看好了，可是一点也没有破的。又说，就这一坨内脏的毒，足可以毒死一头大象。随后，厨师开始上香，烹饪好后端上桌，先尝了一口，要他们各给了他一毛钱。他不解，厨师说，这代表一旦中毒，不关我的事了。随后又说，吃吧，没事的，你们看我不是没事吗！

美食家却没动筷子。厨师的话令他担忧，要是真有事呢？不关厨师的事了就是自己的事了。主人叫他们看好了，是不是缺乏自信？事后会不会说，我叫你们看好了的……随后是肠胃的翻江倒海，先是有一股胃液往上直涌；后是胃的痉挛、绞痛……无疑，美食家的胃与河豚无缘了，那条鱼全进了另一位美食家的肚子里。

出来后的美食家和以往任何一次一样，先是对另一位美食家的话看法很大，怪那位老兄让他难受，怀疑那位老兄是不是想把他挤出美食界……最后又怪到自己的头上，当时干吗就不吃呢！钱都花了。吃了，现在不就和对方一样，有了吹牛的资本？

于是，美食家决定再去一趟江阴，吃一顿河豚。吃到河豚后就轮到他吹了。他一定要吹些那位老兄没有吹到的、新鲜的，先从吹上把他盖过去……他已经让那家伙吹了整整一年了。

到了江阴，美食家想，得先让那老兄知道他到了江阴，是有事顺便到的江阴。正准备找家当地的电话打对方的手机时，一辆救护车叫着丧从他的眼前经过，吸引了很多眼球，引起了很多人的议论。有人说，又一位赌命吃河豚的老兄闹不好要见阎王了。有的说，多恐怖，打死我我也是不会吃那种东西的。

美食家的胃里就又一阵翻江倒海，感觉和上次一个样。于是他想，是不是自己天生就没有河豚缘？自己的胃天生就对这种极致的美食有某种排斥？这么一想，就禁不住问，吃河豚中毒有什么反应？人们争着对他说，吓人着呢，有的是胃里翻江倒海，绞痛；有的是一上来就停止呼吸停止心跳。

美食家的手就立刻向胃捂去，就有人喊，快叫救护车，又一位吃河豚的老兄中毒了！

美食家当然没有上救护车，但是他已很肯定地认为，自己的胃对河豚有排斥性，说不定吃了没毒的河豚也会中毒，决定还是不吃的好。主意一拿定，美食家朝电话亭走去，拨了另一位美食家的电话，说，在干什么呢？我到镇江办事，顺便来了江阴，吃了河豚，这种鱼的味道真是好极了。

　　随后，美食家咨询了很多人，又到当地相关部门翻阅了大量有关河豚的资料，确认自己在对这种鱼类的研究达到了研究员级的水平时，才离开。河豚的味鲜在于它有点甜，这是另一位美食家没有说起的。回到他的城市后就在"甜"字上下工夫，甜得像什么，像什么，像什么……

　　虽然美食家每次吹起来像真的吃过河豚似的，也没有任何人对他持过怀疑态度，可美食家觉得自己每吹一次，心里的遗憾就加重一次。直到住进了医院，知道自己来日不多时，美食家觉得那遗憾感竟比自己生病还要严重。他认为，自己要不真吃一顿河豚，只怕死了眼睛也闭不上。

　　于是，美食家对陪护自己的女儿说，你能不能陪我去一趟江阴，了了爸爸吃河豚的心愿。女儿避着爸爸问医生，什么是河豚？医生刚说，女儿的泪就下来了，扭头来到病房，趴到美食家的身上哭起来，哭着在心里说，我爸看来真是没几天好活了。

船

○安　庆

　　船，早没有了。也许早变成了炊烟，或者成了天上的一朵云彩。想船的人多，当年从渡口走过的人都有回头的习惯，但船已是过去的一缕时光，找船，难了。

　　很多人过来找过船，看到那座快老了的桥，知道有了桥就没那只船了。

　　王也过来找船，王来找船的那天是个小雨天。王拨着河滩里的草，蚂蚱在草间蹦。王说，河草呢？河草呢？黏糊糊的河草呢？能把鱼喂肥、也能把猪喂肥的河草呢？怎么只有咯哇咯哇的蛙鸣呢？他想起他坐在河岸，听满河的蛙鸣，知了也扯着嗓子起劲地合奏；想起夜里坐在房顶上，咯哇咯哇的蛙鸣在一片青叶下，在墙下的一个水道眼里。王就在这样一个雨天迷茫着。他顺着小河往下游走，走到两座桥的中间，更加迷茫起来：船呢？怎么没有船呢？他就迷茫地在河边站着，船呢？船呢？

　　他坐在河洼旁，倚着一棵柳树，绞尽脑汁地想：船呢？船呢？船……想着想着，小船来了，漂在河床，连接两岸的是一道船绳。好像也是一个雨天，船上是一个女孩。他从城里上学回来，天色将晚。她随手抓起的是一张荷叶，盖在他的头上。他的手也跟着她拽着缆绳……他后来老坐这小船，老那样拽着缆绳。没有歌，这儿不是水乡。有河，船是为了方便。他以后又坐过无数次的船。有时不是女孩在船上，他就无言地望着河面，河水一波一波荡开，小船在涟漪间靠岸。再后来，他离开了河。几年后有了桥，小河上没有了船，没有了缆绳，没有了摇船的女孩。

王在瓦塘南街住了很长时间，他每天都痴呆地来小河上找船，每天都坐在两座桥的中间，迷茫地望着小河，痴痴地说，船呢？船呢？没有船怎么过河啊？我怎么到河对岸、怎么上学啊？有时候他会碰到同样来找船的人，他们同样地坐在河滩，一起在两座桥的中间，喃喃地问，船呢？船呢？

有一天，他碰见了一个女人，他又喃喃地说，船呢？船呢？她说，船早没了，船早被一个叫王二的弄走了。桥没建好船就被王二拖到村里，不知拖到哪儿了。

王二？王二在哪儿啊？

船属于哪儿，王二就在哪儿呀！

雨又下来了，滴滴答答地落在河里。女人从河对岸跑过来，递给他的是一片桐叶——莲叶在河边找不到了，就像那条找不到的小船！

王有一天见到了王二，王二坐在牛塘的一棵树下，王二比王看上去还老。王二没等王说话就先说了，你就是那个患了痴呆症瓦塘南街的王啊，这么多年你都去了哪儿？念叨你的那个女人都老了，都做了姥姥做了奶奶。你躲在城里还知道回来，你不在城里你回来干啥？

王听不懂他的话，捡起地上的一片桐叶，往头上蒙，又拾起一片桐叶递给王二，说，船呢？船呢？

王二说，船？船早变炊烟了，船的魂儿都不知道跑哪儿了。王不知道王二他爹是王老二，王老二是当年牛塘的村主任，桥是王老二时代建的，船上的女孩是王老二派的，王老二发现女孩有了心事就在桥建好前把船拖回来了，把船砍了，把砍了的船交给王二，王二当年就把它变成了炊烟。

王还在说，船呢？船呢？

王二说，别在这儿啰唆了，快回你的城里去吧。

又是一个雨天，一个女人找到城里的一家医院。女人见到王的儿子王小蒙，递过去一个篮子，篮子是用新柳条编的，散发着清香，篮盖下是一些小杂粮。女人说，船呢，船有了，还在那个小河上，你爹再回去就能见着了。王小蒙听不懂，王小蒙知道老家有桥。他上过桥，看过桥下的河水。有了桥怎么还会有船？

女人没进房间！

王小蒙回了一趟瓦塘南街，他在一个小雨天顺着河滩走到了两座桥的中间，看到了一条船。船正行着，船上坐着个女孩，岸边站着等船的人。王小蒙努力地睁大眼，他看见河对岸的树下坐着一个女人。王小蒙有些蒙。他看着两岸，分别站着的是几个找船的人。

可惜，爹来不了！

王小蒙说：我要替爹上一上船。

他这样想着，船已经过来了。

单身的妈妈

○王 梆

妈妈是一个单身母亲。她二十四岁那年生了这个孩子。现在她的这个孩子已经二十六岁了,独自生活在另一座城市。

这天中午,他意外地收到妈妈的短信,说要来看看他。他回到单身公寓,打扫房间,收拾一个星期前的碗筷,内裤洗好,信件和前女友的私人用品藏起来,墙上的裸体海报揭掉,一切似乎妥当。他坐在床前,吸了最后一包香烟。然后把烟盒和烟灰缸扔入垃圾袋。第二天中午,他在火车站的出站口,看到了已经三年没有见过面的妈妈。母子俩坐着地铁,经过他曾经就读的大学,一起朝车窗外望去,他想起曾经与妈妈在学生食堂吃饭的情景。

妈妈把手放在他的臂弯里,间隔着两件羽绒服内膨胀的空气。

穿过小巷子,再走过一片工厂区,就是他住的那一片廉价屋了。放了行李,妈妈便要下楼去买菜,他则坚持要到一家说是不错的餐馆。妈妈说,反正也不饿,待会儿再说吧!然后拿出蒸米糕、芝麻丸子和泡菜。它们在行李袋里被压扁了,打开来,冒出一股密封车厢的空调味道。还有一件他小时候的毛衣,已经拆开来重新织过了,款式是那种套头紧身带围脖的。他勉强试了试,说了谢谢,便折起来放进了衣柜。餐馆没有往日的热闹,附近的外省青年都回家过年了。菜也是半凉的,妈妈边吃边说还真不如自己做上一顿。他没有告诉妈妈自己已经失业半年的事,对妈妈的埋怨，心里有些不高兴。吃完了饭，在街头闲逛了一会儿，妈妈看到地摊上的折价衬衣，硬要给他买一件。他说自己现在已经是公司的高级职员了，穿这个不太合适。妈妈听了也有些不高兴。

母子俩为了一些生活细节上的问题磕磕碰碰地过了几天。心情暗暗的，又是冬天的黄昏，北风让气温骤降下来，掺杂着稀疏的小雪。

第五天，他向朋友借了一千元钱，带妈妈去游览水族馆。冬天的水族馆，只有些叫不出名字的、颜色难看的鱼。蛇已冬眠，看不见。海豚的表演也没有了。他失望地把脸贴在栏杆上。妈妈在不远处的椅子上坐着，望着水族馆四边像模型一样升起来的楼宇。她想，是因为太长时间的分离吗？我们真的已经没有多少感情了吗？想到这里，妈妈哭了起来。不过，当她的孩子转过身来的时候，她却及时地把眼泪擦干了。她说，亲爱的，你已经很久没有见过狮子了吧！你知道吗？你小时候最喜欢看狮子了。我们去动物园看狮子吧！

他不耐烦地说："妈妈，动物园和水族馆有什么两样呢？到处都是这么冷清，难道你没有看出来吗？"第七天，他送走了妈妈，有一种如释重负的感觉。他打开电脑玩了一个通宵的游戏。睡了十七个小时之后，才发现枕头底下有什么硬硬的东西。打开来看，是五千元钱。他知道，这是妈妈每天早上五点钟起床，在早餐店里卖蒸米糕、芝麻丸子和泡菜攒下来的积蓄。

而对于妈妈此外的生活，他就一无所知了。

道林诗

○张晓林

米芾六岁搦管临池，就风风雨雨再没有间断过。

他家的门口，原有一方池塘。池水清澈。米芾常到这儿洗砚。十几年过去了，池水都成了墨色。岸边有几棵梅树，开出的花也都成墨梅了。

临习书法，其实是件很苦的差使。早年间，每逢挥毫临帖，米芾头上都要顶一只大瓷碗，碗里注满水，手腕、肘随笔游动，而头不能动。这叫熬笔功。起初，老是觉得碗随时会从头上掉下来。慢慢地，这只碗就不存在了。

成名后，米芾日挥三百纸而不累，手底的功夫就是这时候练出来的。

米芾学习书法的绝招，叫"集古字"。

米芾喜欢颜真卿的行书。他书法里面的很多特殊笔法，譬如他常用的"蟹爪钩"，就是集自颜真卿的《争座位帖》。颜真卿偶一用之的笔法，或者无意间流露出来的某一种写法，到米芾这儿就强化了，突出了。这是他的聪明过人处。

米芾临前人帖的功夫也极深。别人来让他鉴别前人墨迹，他都要留下来临写数遍。等人来取，他把临写满意的一幅与真迹一并拿出来，让来人挑选。来人往往会把他的临作取走。

临古帖，米芾原来下笔很草率，一天能用去很多张纸。有一天，家里来了一个道士。他看了米芾的用笔后说："这样不行。"

"那该怎样?"米芾问。

道士说:"你用5两银子买我一张纸后我再告诉你。"

纸买来,米芾对着纸凝视了三天,才敢下笔。他很快揣摸透了,书法得有提、按、使、转。书法,光书不行,还得有法。

只是,他再也没见到过那个道士。这在他心底留下了一个谜。

米芾在淮阳做小官时,打听到湘西岳麓寺中有唐沈传师的《道林诗》法帖。沈传师是米芾所佩服的为数不多的书家之一,而《道林诗》帖又是沈的得意之作,米芾决定去湘西一趟。乘舟来到岳麓寺,寺里的方丈接待了他。

方丈很客气:"施主天下名士,来小寺有何见教?"

"想借《道林诗》帖一观。"

方丈笑笑,让小沙弥取来《道林诗》帖墨迹,交与米芾。

米芾携帖回到寺中下榻处,燃上蜡烛,连夜琢磨起来。猛一看,此帖很平淡,也只是有点俊逸可爱罢了。看久了,米芾就有些心惊,他渐渐看出了其中的奇妙。他慨叹道:"平淡中寓奇崛,有超世之真趣啊!"

米芾爱不释手了。

五更天,米芾把《道林诗》帖藏在行囊中,也不和方丈打招呼,偷偷地溜出寺去。

天明,小沙弥慌慌张张地告诉方丈:"米施主把《道林诗》帖偷走了!"

方丈捻须而笑:"《道林诗》帖与米施主有缘呐!"

但是,这件事后来却被蔡京的小儿子蔡絛作为丑闻给爆了出去。

米芾到雍丘做县令后,《道林诗》帖有一天却莫名地丢失了。

米芾失魂落魄了好长一阵子。

有一天,雍丘狱吏拿了一卷法帖找到米芾,想请教一下它的价值。米芾一眼就看出来了,是《道林诗》。画幅展开,米芾的心骤然地刀剜一般痛了一下。《道林诗》只剩下了上半卷，下半卷已不知哪里去了。

米芾失态地问："哪儿得来的？"

狱吏说："从一个大盗身上搜来的。"

"那下半卷呢？"

"搜出时就这些。"狱吏答。

米芾急忙提审那个大盗。大盗竟也书生模样。大盗说，这是他的一个徒弟送他的。他也曾问过下半卷下落，徒弟告诉他在围镇住客栈时，遗落到客栈里了。

米芾就去围镇客栈里查寻。他一家客栈一家客栈地进，东瞅瞅，西看看，有些贼眉鼠目的样子了。

终于，在一家客栈的柴房木板门上，米芾看见了《道林诗》下半卷。只是已经被糊在门上当成糊褙纸了。

米芾呆呆地站在木板门下，泪花纷披。

对着一扇破木板门落泪，围观的人们想，这多半是个疯子。

登 记

○安 勇

宋玉和孟倩倩起早来到某区婚姻登记处。

宋玉对窗口的男工作人员说："我们登记结婚。"

男工作人员没抬头，问："你们登多少钱的记?"

宋玉和孟倩倩疑惑不解。

男工作人员指指窗口上贴的一张纸，纸上写着：一千元、五百元、一百元、五十元、免费、奖励一百元。金额后写着：一年、三年、五年、十年、二十年、三十年。

孟倩倩问："这是什么意思?"

"许多人好像喜欢结了婚就离婚，离了婚又结婚。不瞒你们说，我们是冒着生命危险从事这项工作的，经常有同志累得在岗位上吐血。所以，为了尽可能维护我们的健康，新出台这项规定。如果婚姻维持时间短，收费就高些；如果三十年不离婚，我们还会额外奖励一百元。"

宋玉和孟倩倩商量了一下，决定登记五年的。

男工作人员指指旁边的一扇门："好，你们去那个屋，宣一下誓。"

宋玉和孟倩倩进屋，只见屋里坐着一个老太太，很严肃的样子。老太太问："你们的姓名?"

宋玉和孟倩倩分别说了姓名。

老太太说："请你们如实回答下面的问题：你们是自愿结婚的吗?"

宋玉和孟倩倩刚要回答，老太太摆摆手："有三个答案供你们选择：A. 自愿；B. 非自愿；C. 说不清楚。"

两人同时选择了C。

老太太问："在家庭中的地位平等，你们能做到吗？A. 能做到；B. 做不到；C. 看情况而定。"

两人同时选择了C。

老太太问："夫妻双方有互相抚养、照顾的义务，你们能做到吗？A. 能做到；B. 做不到；C. 到时候再说。"

两人同时选择了C。

老太太问："你们能自始至终地善待双方的老人吗？A. 能；B. 不能；C. 给钱就能，不给钱就不能。"

两人同时选择了C。

老太太问："你们能忠于对方吗？A. 能；B. 不能；C. 不知道。"

两人同时选择了C。

老太太说："好，下面请跟着我宣誓。我说一句，你们学一句——上天作证，我们在说不清楚的情况下打算结为夫妻；我们夫妻在家庭中的地位视情况而定；能否互相照顾、抚养，到时候再说；双方老人如果给钱，我们就会善待他们；我们不知道能不能忠于对方，也就是我们保留不忠于对方的权力。完毕！"

姑　姑

○谢大立

我七岁那年去姑姑家玩，在她家的地上捡了一笔钱。那钱用手帕裹着，整整二十元。

姑姑家在襄河堤下，堤上是小城。有了钱，我上午上堤一趟，买了个皮蛋吃——那是我发誓有了钱一定要吃个够的食品；下午又上堤一趟，买了两个棒棒糖。正在路上幸福地翻着筋斗时，姑姑把我逮住了。夺走钱，姑姑对着我屁股甩了一巴掌骂，这个死孩子，怎么有这个毛病！

从此，姑姑看我总像是有问题。

十三岁那年，我考上了中学。我们那时候能考上中学，绝不比现在考上大学的轰动效应差。家里请客，姑姑来了。我背着行囊去住校，她送我，一路上反复对我说，住在学校里人多，手脚一定要干净，不是自己的东西一定不能拿。那时候，我对"手脚不干净"几个字理解不全面，只知道姑姑是针对我七岁那年的事说的。

初中毕业，听说部队是所大学堂，我应征入伍，穿上了军装。家里再次请客，姑姑再次来做客，再次把我拉到没人的地方叮嘱我，在队伍里手脚特别要干净，不是自己的东西一定不能拿。

不知是姑姑杜撰的，还是真有其事，姑姑说她们那里有个人就是因为手脚不干净，被人一枪打死了。那时候，我对"手脚不干净"的理解还是不全面，总以为是说拿不属于自己的东西——姑姑家地上用手帕包的钱是姑姑的，我拿了属于姑姑的东西。

直到我到了部队，才彻底明白了"手脚不干净"是怎么回事儿。这几个字是与专用名词"小偷"画等号的。

我们连队有个爱好乐器的兵拿了文工团的一支好笛子，连长说他手脚不干净。连长还说，什么叫手脚不干净？就是小偷！随着连长批评的不断深入，我身上的汗毛直炸——我在姑姑的眼里也是个小偷？我没有偷哇！我是在地上捡的！姑姑认为我偷，一定是认为她把钱藏在一个隐秘的地方让我发现了，是我偷了她的钱，她一定不认为是自己把钱搞丢了。

我要给姑姑解释，给姑姑说清楚这个要命的事。姑姑没有上过学，写信解释行不通。那时候的通信工具只能是信，我总不能为这事写信让别人给姑姑念吧。

我也担心在信里跟她说不清楚——我上中学时她说那话我没有吭声，我当兵离家时她那么说我也没有反驳。如果我说我当年是捡的钱她会信我吗？她一定会说，行了，我一个没有上过学的人都知道手脚不干净就是小偷！

就在我为这事痛苦不堪的时候，父亲来信说，姑姑病了。除了我，所有的亲人都在医院陪姑姑，姑姑想我，说我是她在病中最思念的人。

我告诉父亲，部队已让我转业了，但要求我们先到那个三线工厂报到。我到了那里放下行囊就往家里赶。并让父亲转告姑姑，我也很想念她，并有很多话要跟她说。当然是那些叫我一直耿耿于怀的话。

父亲又来信，说姑姑问我到了工厂干啥，我说，管一个物资仓库。父亲来的不是信是电报，电报里说，姑姑病危，速回！

父亲的电报，我是在离开部队就要上火车的时候接到的。工厂顺道，下了火车报了到我就往家赶。我赶，一是想在姑姑清醒的时候让她看到我，但主要的还是为了心里的那份委屈。如果我不在姑姑离开人世前当着她的面把那委屈说出来，跟她扯个清楚，我担心那委屈会在我的心里窝他个一生一世，最后会把我窝出毛病来。

刚接近病房，我就听到了我姑姑女儿的哭声。我哭着一头钻进去。我的哭声一响，姑姑那本来已歪在一边的头猛地转过来，已闭上的眼睛也一个激灵睁开了，见了我，脸上还浮现出一丝笑，然后，嘴巴也嗫嚅起来。

父亲忍着伤心对我说，快，把耳朵凑过去，你姑有话对你说。

我跪下，大气不敢出，耳朵紧贴着姑姑的嘴，我隐隐约约听姑姑说，手……

我还在等她说，哭声又响，且是大而嘈杂地响。再看姑姑，姑姑的嘴巴已远远地离开了我的耳朵，随头歪在了一旁。我捶胸顿足，说我来晚了。亲人们说，你没有来晚，你姑等你，终于见着你了！

我还是说我来晚了。因为姑姑说的那个"手"字后面的话太叫我耳熟了。

广陵散

○陈　敏

　　一个丹桂飘香的季节，钟会征战归来，被朝廷加官晋爵，赐田封侯。他心情很好，一心只想做一件事：结识天下第一才俊、号称"竹林七贤"之首的嵇康。

　　他沐浴更衣，肥马轻裘，领着百十号人，浩浩荡荡前去拜会，不料见面后竟是一场尴尬：嵇康和向秀只顾在茅庵边叮当打铁，将钟会百十号手提马鞭躬身等候的人晾在一边。

　　自打六岁开始，钟会就随父拜见王侯将相，还从未受到如此冷遇。更可恨的是嵇康丰神秀逸，站如玉树临风，倚似玉峰将倾，让八尺之躯的钟会相形见绌，显得俗不可耐。钟会憋了一腔闷气。

　　不过，他没有立即扬长而去，而是在嵇康铁匠铺不远的地方住了下来，并派使者送去亲笔信一封，说要和嵇康把酒言欢，一展胸中之志。谁料，这个傲慢的嵇康一点面子都不给钟会留，他不但痛骂了钟会一通，还用打狗棍痛打了使者一顿，警告使者如若再来，就把他扔进炼铁炉。钟会气得眼睛冒火，积满了一肚子的杀气。

　　洛阳菊花怒放的时节，钟会决定让这个狂妄文人命归黄泉。他随便翻开一卷案宗，就把嵇康给卷了进去。他不费吹灰之力就把嵇康的性命拿走了。

　　让他没料到的是，这个人死后，给他留下了个病根。

从嵇康引颈受刑的那个秋夜开始，钟会就犯了心痛病。嵇康面对死亡的冷傲，把他这个一次次直面鲜血和刀光剑影都不曾汗颜的人，击成了碎片。

　　三千名太学生聚集刑场为嵇康请愿的呼声不绝于耳，如同嵇康在刑场上弹奏的那首《广陵散》，总也挥之不去，让他心慌意乱。从肉体上消灭一个人，本想求个耳根清净，让那种酸溜溜的嫉妒从此绝了根，天下奇男子的美誉为自己所独享，那个不修边幅就能倾城倾国的帅男从此不可复制，这一点，他做到了。可他却依然抹不去心底深处那种空荡荡、无着无落的痛感。没有竞争、没有对比的日子像反复饮用的茶水，失去了生命的真味。

　　连续的失眠让钟会打不起精神。他怕黑暗，也怕寒冷，白天里也燃着一盏灯。他在歪斜的灯影里打盹，耳畔便传来一声断喝：拿琴来！那是嵇康临刑前的声音。他在命令谁？这个声音具有可怕的穿透力，穿过岁月在他耳边轰然响起。钟会的记忆在这个声音里再次苏醒。他的眼前总是晃动着数以万计的人群。他们摩肩接踵，探着头，踮着脚，屏住呼吸，将带泪的目光投向嵇康。只见嵇康傲然昂首向前，在夕阳中缓步走到琴前，从容地提提衣袖，然后席地坐下，双手轻轻地伏在琴弦上，十指聚拢，就那么潇洒地一拨，琴音乍起，群情顿时一片沸腾。起初是舒缓的轻拨慢挑，弦音幽怨，淡远疏落；逐渐便转为悲壮、愤懑、抑郁；突然，节奏转快，力度骤增，随着手指在琴弦上飞舞滑动，琴声雄壮激越，犹如骑手横刀立马，叱咤风云，又似力士扛鼎，稳如泰山。激越处，恰似峰顶石迸，激流喷涌，众人已是泪如雨下。嵇康、生命、琴声此刻融为一体。

　　那夜，竹影疏斜，有风吹过，钟会打了个寒噤。他听见屋内有一丝琴声幽幽地传来，让他分不清身在何处。那宛如游丝般的琴音隐约渗入耳际。整个侯府大院虽然点着上百盏朱红宫灯，可他的心里依然黑得伸手不见五指。他只觉得那一股琴音，离他熟悉的地方很近。他拉开隔门，看见正面的帷幕，轻微的一阵晃动后复归于平静。他瞥见夫人的手，在他出现的那一刻里突然一惊，在琴架上来了个定格。钟会加快步伐迅速地绕过妻子的身体，循着妻子温婉的手臂，抽出了一卷嵇康抚琴图。画面上，一个美男子斜倚岩石间、溪水畔，正埋头琴上，抚琴吟唱，远处的烟云、近处的竹影美若天境一般。钟会诧异的目光顷刻一片浑浊。

以他多年来的坏脾气，此时给夫人两个耳光也不算什么，可此时，他连一投足一举手的力气都没有了。他快快地退出内室，穿过挂满路灯的长廊。他明白了《广陵散》中那些滑音的全部意义。嵇康临行前的演奏已经把他给预杀了。

又是一个秋叶凋零的季节，钟会率十万大军入蜀。一路狂杀过后，他如愿以偿地俘虏了蜀汉后主刘禅，又囚禁三国时代最后一位英雄姜维，彻底终结了这样一个总揽天下英雄的白银时代。而就在凯旋中，就在他精心策划的那场政变马上让他看到一片新天地的时候，他的耳边顿时响起了《广陵散》中的滑音，"噗噗——"之音不绝于耳，他突然心痛如绞。他看见营帐辕门上新结了一张巨大的蛛网，蛛网又很快化作一架琴，琴声从头顶弥漫而起，随之涌来了潮水般的哗变士兵……

一把无形的剑在追踪他。他高大的身躯被牢牢地困在帐外，再也移动不得。

他的眼前出现了一架血色的天梯。

前后不到两年的时间，中原大地上失去了两个俊男。一个嵇康，一个钟会。

好　棋

○魏剑美

局长和老王刚摆开棋局，我老远就叫了起来："好棋，好棋！"

老王白了我一眼："这棋还没下哩，你嚷什么嚷！"

"那又有什么关系，"我嘻嘻地笑，"我们局长下的总是好棋，这个谁不晓得！再说，他开局多半都是拱兵，绝对的好棋。"

我话未落音，局长却先跳马了。我马上喊起来："跳马好！跳马好！进可攻，退可守，高，实在是高！"

局长的马是跳了，但既没有攻成，也没有守住，很快就被老王给吃掉了。我稍微思考了一下，就明白了局长的深谋远虑："这叫诱敌深入，乃孙子兵法。"

敌是深入了，但"兵法"却迟迟没有展示出来，局长开始有点着急了，额头上的汗冒了出来。我赶忙掏出餐巾纸来帮着擦，嘴里奚落老王："君子喻于义小人喻于利，你老王见利忘义，多行不义必自毙。"

但局势对"小人"越来越有利，局长的脸已经拧成了一个大苦瓜。好在他随即抓住对手一个闪失，吃掉了送到嘴边的一个炮，我激动得跳了起来："妙招妙招，这样好的棋也只有局长下得出吧！"两个路过的人好奇地看着我，还以为哥伦布又发现了新大陆。

我继续啧啧赞叹："局长你的智商少说也在 160 以上！谁要是不相信我就和他赌 100 块钱！"

没想到"螳螂捕蝉黄雀在后",老王丢掉一个炮很快就捉住了局长一个车。局长的脸色都白了,我由衷地赞美:"舍车保帅,这就叫大局观。局长,我总算明白了人家为什么崇拜你,连刚来的女大学生都说是你的粉丝。不服不行啊,连下个棋都这样,啧啧,你看,多么……"

我的话没说完就给噎住了,原来人家老王已经一招制胜,结束战斗。局长在那里瞠目结舌,不过我是多么机灵的人,马上明白了局长的高瞻远瞩:"这叫欲取先予。先麻痹敌人,再后来居上,高明!人家玩战术,我们局长玩的可是战略!战略啊,一般人哪能明白此中的道理!"

然而,等我转了一圈过来,局长已经"战略"了三次。老王笑嘻嘻地望着我说:"你们局长只予不取,还真不知道他葫芦里卖的什么药。"

我狠狠地瞪了他一眼,说:"棋道的最高境界是超越胜负的,你争的是棋之胜负,他看重的是得失之道,所以说你和我们局长根本就不在一个档次上。"听我这么一说,局长死灰一般的脸上才又回过一丝活气来。

老王到底是小人,越加不给"道"以面子,新一局仅用十几着就将局长的老帅擒于马下。局长脸都涨成了猪肝,我站起来长叹一声:"想不到局长的棋艺竟高妙到如此地步,匪夷所思,匪夷所思啊!"

局长一脸怒色,以为我是在嘲笑他。我马上解释:"你们听说过伯乐推荐九方皋的故事吧?伯乐给秦穆公推荐相马高人九方皋,谁知道九方皋却将黑色的公马看成黄色的母马,秦穆公哑然失笑,伯乐却深为震撼,感叹说九方皋强出自己千万倍,因为他已经到了只看本质不看现象的地步。局长和老王下棋,也是只看本质不重现象,真正达到了九方皋相马的境地,岂是输赢所能论高低的?"

局长哈哈大笑起来,谦虚地说:"哪里哪里!"

老王也是哈哈大笑:"这么说起来你们局长输棋只是表面现象,本质上倒是大胜特胜了!"

天地良心,最起码我就是这么认为的。能当局长的人,实在让我想不起还有什么缺点，连他饭后剔牙的姿势在我看来都是那么的完美无缺。

只是我完全没有料到，半年后我们局长就调到别的部门了，接任他的正是他的棋友老王。我心想这下糟了，谁知道这被我嘲笑为"小人"的老王，一眨眼间就来做领导我们的"大人"了。

正在我做好下岗回家的心理准备时，局里突然宣布我荣升为新闻发言人。据说新来的王局长不止一次地评价我说："人才难得，人才难得啊！"

胡车儿

○邓洪卫

胡车儿是张绣府中的死士。此人力能举鼎，豪饮不醉。

曾经和张绣在府中饮酒。饮酒数升，张绣大醉而卧，而胡车儿谈笑风生，仍然大吃大喝。喝得多了，就起尿。车儿撕了一只鸡腿，咬在嘴里，晃晃荡荡出来小解。正逢三个刺客潜入府中行刺张绣，被车儿发觉。车儿双掌齐出，"啪，啪"，击倒两个刺客。还有一个刺客见势不妙，转身就跑。车儿不急，将嘴里的鸡腿慢慢地嚼，连骨头一起嚼碎了，咽下。这才握住地上一个刺客的脚跟，提起，奔出，对着远处的脚步声一抖手。这家伙，"嗖"，呼啸而出，"砰"，一声钝响。车儿转身回屋，继续饮酒，若无其事。

天明，张绣睡醒，出来看到门外横陈一具尸体，不由大惊失色。车儿说，没啥，门外还有两个呢。张绣命军兵去看，回来说没有。车儿说，再往前找。往前找了300米远，果然找到了。两个家伙头对头，皆脑浆迸裂。胡车儿这才讲明昨夜之事，张绣双手拇指竖起，称赞道，真乃勇士也！

曹操进军宛城。张绣在贾诩的建议下开城投降，并将曹操接进帅府畅饮。席间，张绣见曹操身后站立一人，身高过丈，赤发虬髯，威风凛然，就问，请问丞相，身后站立者莫非是典韦将军吗？曹操说，正是。张绣起身，满了一杯酒，来到典韦跟前，说，张绣久慕将军威名，今日得见，三生有幸，请将军接受张绣敬酒。典韦按剑而立，不发一言。张绣又说了一

212

遍敬酒辞。典韦仍不答。张绣很尴尬，一时不知是进是退。

一旁恼了胡车儿，拔剑而起。典韦也不示弱，冲到当中。二人当场争斗起来。从屋中斗到院中，从院中杀到街上，将在场众人惊得目瞪口呆。好半天，曹操才醒悟过来，出来大声喝住典韦，那边张绣也喝住胡车儿。二人将剑还入鞘内，回到屋中，继续饮酒，如无事人一般。

曹操问，张将军，此人是谁呀？张绣说，我的好兄弟，胡车儿。

噢。曹操点头。难得张绣帐下还有这等英雄，能与典韦一争上下。可惜了，可惜了啊。

回到驿馆，曹操对典韦说，胡车儿当世英雄，我很爱惜他呀，如果他能与你一左一右，护佑老夫，该有多好哇。典韦点头，胡车儿确实是个英雄。曹操叹息不已。

第二天晚上，张绣又请曹操饮酒，只让胡车儿陪侍。曹操也只带了典韦赴宴。曹操和张绣坐在上席畅谈。典韦和胡车儿在下首畅饮，酒一碗一碗地喝，感情越喝越厚，大有相见恨晚之势。

曹操对张绣说，既然二人如此脾味相投，不如让他们结为异姓兄弟吧。张绣点头。

典韦遂与胡车儿来到院中，焚香对天而拜：不求同年同月同日生，但求同年同月同日死。

拜毕，回屋中继续畅饮。

曹操在城里待得寂寞，受不了诱惑，将一个女人带到城外营中耍玩。如果是一般的女子也就罢了，可这个女人是张绣的婶娘邹氏。张绣因此谋反，就在当夜动手，可是畏惧典韦的勇猛。张绣就对胡车儿说，今天晚上，你约典韦饮酒，一定要将他灌醉。

胡车儿来到典韦大营。典韦说他要时刻保护丞相，不能离开军营，更不能进城。

胡车儿就带了酒菜来到典韦营中。典韦不敢做主，来报告丞相。曹操很高兴，说，明天我就要离开这里，回许都了。你要设法留住胡车儿，最好把他灌醉，绑架他一起回许都。典韦领令而出。曹操自在营中与邹氏饮酒作乐。

典韦与胡车儿摆下酒场，开怀畅饮起来。两人各怀心腹事，尽在酒碗中。你来我往，两个从未喝醉过的人，都醉了。各枕着自己的膀子，睡去。

隐隐约约，典韦听到外面传来奇怪的声响。他睁开眼睛，挣扎着站起，走出帐外。外面的混战已经开始了。有一个士兵跑过来，叫，将军，张绣反了，快去保护丞相。典韦赶紧向丞相的大帐跑去。可是，他的腿很软，全无以往的气力。

这时，张绣带着人马冲杀过来。典韦这才想起，双戟还在自己的营帐中。他想回去拿，但来不及了。他顺手操起一把战刀，连砍敌将数十人。刀太轻了，不称手。典韦扔掉刀，一手操起一名士兵，抢向敌阵，砸死了许多敌兵。可是他因为喝多了酒，手脚已经不听使唤，身上多处重伤。最终支持不住，轰然倒地。

张绣的人马在短暂的停顿——因为畏惧而不敢上前——之后，踏着典韦的尸身，冲进了曹操的大营。此时，曹操已经在众将的保护下，骑上"绝影"宝马，跑了。

张绣率军好一阵追杀，直将曹操追杀到水河边。

张绣领着军队得胜回城，这时他看见胡车儿抱着典韦，迎面而来。

张绣的军队默默地闪出一条路来。胡车儿慢慢走过，在水河边停住了脚步。

胡车儿用自己的双手刨了一个坑，将典韦放在里边。然后大吼一声，挥拳猛击自己的额头。

张绣下马，跌伏在坑边。三军皆默然跪伏于地。

此时，晨曦初露，河面上烟雾浓厚而低沉。

数年后，张绣又投降了曹操。

曹操问，你手下的那员勇将胡车儿呢？我想带他回许都。

张绣把曹操带到水河边，那里有一座墓。上书：烈士典韦胡车儿之墓。

我已失去猛将典韦，为何又失去胡车儿？曹操潸然泪下。

画 荷

○高 军

儿子走进门的时候，夕阳的余晖正从窗口斜射进来，照在马光脚下的地上。马光斜眼看了儿子一眼，继续挺着脊背，悬肘执笔，在宣纸上挥洒着。

马光退休以后，喜欢上了画画。但他不画别的，只画荷花。儿子走过来，看父亲笔下的写意墨荷已基本成形，几杆荷柄耸耸而立，用力撑着整个构图。所画荷叶造型多姿多彩，好似正在左右摇曳，瑟瑟有声。上边有几朵白荷，参差错落，疏密有致。见父亲没答理自己，儿子就凑过去指着中间的一大片空白，说道："这个地方太空了吧？"

马光把手中的毛笔放下，嘴角露出一丝冷笑："你就喜欢满、喜欢热闹是不是？"

妻子去世后，马光自己在乡下住着。儿子怎么劝说，他也不到城里去住。一说这个问题，马光就不给他好脸："我不喜欢城里的喧嚣，让我在这里过我的舒心日子吧。"

"这里这么冷清。城里多热闹，生活也方便……"儿子嘟囔着。

儿子在城里已经是某个重要部门的局长了，负责着一大摊子工作。尽管在属下面前是说一不二的人物，但回到家里来，对老父亲也只能唯唯诺诺。

儿子掏出烟递向父亲，马光抬眼一看，是软中华。他伸手一挡，摸起自己的旱烟袋来，装上自己种的老旱烟："我还是吃这个舒心。"然后就"吧嗒吧嗒"地吸起来。

儿子沉默了一会儿，才又提起话头："爸，你看，我也忙得不得了。你住在这里总让人不放心，搬过去也好相互照应。这回我另弄了套房子，离我住的地方很近，马上装修好了。准备一下，最近搬过去吧。"

马光心里一沉："你们刚换了房子，还打算让妞妞到国外上大学。白花这几十万，我不住。我也住不安心，会睡不好觉的。"

儿子很失望的样子，闭上嘴，不说话了。

马光接着说："上次你拿回来的茅台酒，这次也拿回去。我喝不惯这么贵的东西，你就别这个样子了。"

看儿子还是不说话，马光磕磕烟袋锅，又提起笔画画去了。他在刚才正画着的画的底部补上几块层石，点上几笔苔点。然后站在那里，再次审视着整个画面。手中举着毛笔，不住地颔首。

看到父亲有些得意的神情，儿子又走了过来。

马光指着那片空白说："这个地方这样处理，好像显得上重下轻。其实好好体会一下，这正是一派烟波茫茫的荷塘，这样画来才更有意境啊。"

儿子并不懂，只是频频点头。

马光拿着毛笔的手晃了晃："你当局长也一年多了，往往是回来看看我就急着走了。工作忙，没有多少时间和我说话啊。今天咱爷儿俩什么也别干，我现在就教你画荷吧。回去有空就练练，坚持下去，受益匪浅。"

儿子看父亲脸色严肃，只好铺开一张宣纸，拿起笔站在父亲身边。

马光一边示范一边教他点皴法、勾线法画花瓣和花苞的方法，以及画莲蓬的方法。他学得很认真，不长时间就掌握了基本笔法和墨法，能画出大致的模样了。

突然，儿子的手机惊人地响起来。儿子搁下笔，把手机扣到耳朵上，向一边走去。马光刚开始好似听到一个娇滴滴女人的声音，随着儿子走远，就听不到了。他冷冷地盯着儿子。儿子感到了父亲目光的冷峻，匆匆说几句就挂断了。儿子走回来，心思明显地游移起来，想要走的样子。

马光没容儿子开口，用手中黑黑的毛笔尖儿点一下，直截了当地说："学完画荷叶和荷柄你再走，用不了多长时间的。"

儿子只好再次拿起笔来，跟着父亲饱蘸墨水，学着从边缘向中心画去，泼墨荷叶画出后，最后就是画荷柄了。

马光说："你还得好好体会用笔方法。叶子不能横抹乱涂，应该按叶脉的分布规律来画。"

看到儿子点了点头，马光郑重地说："我理解，要画好荷，最关键的是画好叶柄。叶柄在整幅画中起着重要的支撑作用，整幅画的精神也全靠它来体现。必须画得直而不僵、曲而不弱才行。古人说中通外直，这就是最本质的特点。里面通，尽管看不到，但外边的直一定要体现出里面的通来。也只有里面通了，外面才能真正直起来。"

说完，马光在自己面前的画稿上以浓墨拉出了两杆荷柄，一个是小叶柄，一个是花柄。爽利劲挺，力透纸背，洒脱正气，出污泥而不染，给人以强烈的视觉冲击和心灵震撼。

儿子笔下的荷柄，则软弱无力，了无精神。看着自己的作品，儿子头上慢慢升腾起一股热气，汗水顺着脸颊流下来。马光看着儿子，语调深沉地说道："中通外直，中通外直。好好体会，理解透彻，就能画好了。"

父子俩谁也不再说话。

"那房子咱不住了。"良久，儿子把软中华烟在手中攥瘪了，使劲向远处扔去的同时，冒出这么一句无头无尾的话后，就脚步囊囊地走了。

怀念拥有阳光的日子

○墨　白

　　车停了，站牌前的人一齐拥向车门。乘务员用尖细的声音喊道："先下后上，先下后上……"车里的人鱼贯而出，接着车外的人鱼贯而入。在门快要关闭的时候，车门里伸上来一根竹竿。我和萍同时看到了一位盲人，他摸索着走上车，把竹竿揽在怀中，抬起手探摸着拉杆。他高大的身子像一堵墙贴在我身边，他的衣襟被车外的风扬起来撩着我的脸，这使我的心中生出几丝不快。我看了身边的萍一眼，身子往里挤了挤。萍看了盲人一眼，对我说："让他坐下吧。"说完她就站了起来。

　　萍的善意驱走了我心中的不快，我也跟着站了起来，拉着盲人的衣服说："来，你坐下吧！"盲人很感激地说着谢谢，坐了下来。在行驶的公共汽车上，萍靠在我的怀中，她那光滑而散发着菠萝香味的长发使我感到无比幸福。恋爱使我身边的一切都变得十分美好，我用祥和的目光去看待世间的一切，那段日子我成了世上最幸福的人，那些日子里的阳光也无比的明媚，我和萍几乎每次都乘6路车去河滨公园，度过我们拥有浪漫情调的周末。

　　也就是在那个春季里，我和萍几乎每个周末都能在河滨公园里见到那位盲人。他总是一个人坐在河边的石凳上，面对撒满阳光的河道，久久地一动不动。渐渐地，我们对他产生了兴趣，一个盲人，每个周末都来到这里，他在寻找或者怀念什么呢？我想走过去和他交谈，但被萍拦住了，萍说："或许他正在回忆一段幸福的往事，你不要去打扰他。"

"那他在想什么呢？"

"可能在想他所爱的人吧。"

"他所爱的人到哪里去了呢？"

萍对我摇摇头说："不知道。"而后她又对我补充说，"或许他所爱的人出远门了。他们约好了在这里相见，他就一直这样在这里等她回来……"

我抚摸着萍的头发说："或许是这样。"说完紧紧地把萍拥在怀中。我们一同望着河道。在河岸上，有几个孩子正在放风筝，风筝飞得很高，风哨声从撒满阳光的天空中传下来，那快乐的风哨声掺和了某种情绪，布满了世界的每一个角落。

这样快乐的时光一直延伸到夏季。在最后一个周末里，一场暴风雨即将来临之前，我和萍又一次看到那个盲人。盲人在闷热的空气里坐在那条石凳上一动不动。雷声从头顶上滚过，狂热的风仿佛一个巨人在蹂躏着我们身边的一切。萍说，我们应该去告诉他："暴风雨来了。"但没等我们说，那个盲人已经站起身来用竹竿探着路向我们这边走过来。这时暴雨已经来临，可是，就在盲人的前边有一条高压电线不知道怎么被风刮断了，黑黑的粗线像一条蛇盘在地上。盲人还在向我们走来。萍惊叫一声，挣脱我的手朝那个盲人跑过去。萍在风雨中展开她的双手像一只飞翔的鸽子，她一边跑一边朝接近高压线的盲人喊叫："别动——"我心里闪过一丝惊恐。我知道他们都处在危险之中，我也朝萍飞奔过去。在大雨中，我看到萍在拉起那根黑线的时候被什么东西抛起来，而后又摔倒在地上。我还没有接近萍倒在雨里的身体，就感到一股强烈的电流涌进我的体内，我的身子被什么东西狠推了一下似的被抛在了路边的冬青丛里……

当我醒来的时候，我的眼睛上缠着白色的绷带，我再也看不到外面的世界了！我伸出颤抖的双手喊着："萍——"可是没有萍的声音，回答我的只是悲伤的哭泣声。我撕心裂肺地叫着"萍——"又一次昏迷了过去。

在那个遥远的夏季里，我失去了明亮的双目，世界从此在我的面前变得一片黑暗。我常常处在一种凄伤的情绪里，我的耳边常常回响着萍的笑声。我开始变得沉默不语，在黑暗里我常常回忆起我和萍在一起度过的快乐的时光。在一个周末，我突然产生了一种要到河滨公园去的渴望，就独自一人用竹竿探着路来到6路车的站牌前，我仿佛看到了萍就站在我的身边。车来了，我听到乘务员那尖细的声音："慢点慢点。"我被一只手拉到了车上，我把竹竿揽到怀中，伸手摸索到了头顶上的拉杆。这时，我听到了一个女孩子的甜甜的声音，她说："你坐吧。"我在一只手的搀扶下在座位上坐了下来，然后，我听到一对情人站在我身边如歌的窃窃私语。在黑暗里，我突然看到了萍，萍在灿烂的阳光里朝我奔过来，像一只飞翔的鸽子。我在心里默默地叫了一声："萍——"泪水夺眶而出……

回　家

○陈力娇

珍珠是一头猪，猪们在开会。珍珠是组长，珍珠说，主人今天不在家，我们要把栅栏门拱翻，然后突围出去。

亮蹄说，是啊，人类太不拿我们当回事了，不给我们自由，给点儿好吃的，还是为了杀我们。

四眼说，最可恨的是他们还嫌我们长得不胖，给我们吃添加剂，我现在胖得都走不动路了，离死越来越近了。

四眼的话音刚落，一群猪围了上来，积极响应珍珠的号召。小丽说，哪里只是胖啊，我现在瘦得见风都打晃了，胃里火烧火燎的。城里人喜欢吃瘦肉，主人专门给我吃了只长个儿不长膘的药，你们看我现在苗条得就跟少女似的。

大家向小丽看去，果然看到她的骨骼比大家高挑出许多。这才想起每天进食的时候，小丽都到另一个栅栏里和十二个崽子一起吃。十二个崽子是小丽的孩子们，白刷刷十二个小猪崽。平时大家还以为这是小丽生产后特殊的待遇呢，现在看显然不是。

珍珠说，所以我们得逃。主人又去城里给我们买添加剂了，吃了它，我们要多丑有多丑。要命的是我们只有四个月的活头了，四个月添加剂会把我们鼓成气球。我们要趁他没回来，把属于我们自己的世界夺回来。

对！亮蹄第一个向栅栏门撞去，他想把栅栏门撞碎，却让一颗铁钉刺

222

破了嘴唇。四眼说，你真傻呀，你难道不知门这东西比什么都坚固吗？人类用它关我们的祖祖辈辈，有谁冲破了这道门？

四眼的话让大家静下来，每头猪都在想着对策。可是对策哪是一时能想出来的？多少年了，猪都是由人摆布。人是猪的上帝，他们从养猪起就没想过让猪好。猪们想到这，一个个垂下头去。小丽自生产后身体一直不好，就躺下来等候大家的主意。十二个崽子在一边玩，他们还什么都不懂，铆足了劲在打闹。

珍珠说，我们一起吼，小主人在家，我们一吼她就学习不成了，她就会为我们开门。小丽一骨碌爬起来，说，不能影响小主人。她很善良，常喂我的十二个崽子饼干，她交不上作业会急死的。亮蹄瞪了她一眼，说，就你事多！不吼，我们还有别的办法吗？难道就等死吗？大家一起怒视小丽，小丽就不知道怎么回答了。她也不想等死，她想把她的十二个崽子养大，哪怕有一个能冲出栅栏，回到山林，她的愿望就实现了。

小丽是多么怀念山林啊，她的爸爸是头野猪。

珍珠看大家想不出办法，就目测一下栅栏和远处树林的距离，说，亮蹄，你平时跳高不错，你试着跳出去，到森林找小丽的爸爸，请他来援救我们。亮蹄听了珍珠的话，想了想说，办法倒可以，可是这栅栏也太高了，我跳不过去，掉下来会摔死的。

四眼说，摔死也是为猪捐躯呀，你不过是比我们早死几个月，我们这样的生命，哪有活到老的。

亮蹄生气了，瞪了四眼一眼，看着他胖得走不动路的体态，转过头去。四眼不吭声了，他在打一截土墙的主意。那截土墙是他平时擦痒痒的地方，有一块已经被他弄得松动了，四眼现在就想从这松动的土墙打开缺口。

大家猜透了四眼的心思，都过来帮忙。但是他们很快发现，弄倒土墙也不是件容易的事。土墙外面是黄泥，里面是砖和水泥还有钢筋，他们发现纵使再有本事，也颠覆不了这现代化的东西。

小丽叹口气，说，要是我爸在，他一身本领，不会被这点儿小事难住的。他整天在森林里奔跑，老虎都没怕过，多深的土地他的大长嘴都不在话下，他会在地下打洞把我们都接出去。

小丽说这话时，扑棱一下坐起身——她让自己的歪打正着吓了一跳。这是一个好主意呀！直到大家欢呼起来，小丽才红了脸，为自己骄傲。她说，这是我爸爸在帮咱们呢。

夜晚到了，小主人隔着墙给他们往食槽里添食，隔老远就闻到一股让他们厌烦的添加剂的味道。但是他们还是努力地吃，把自己吃饱好有力气。

夜晚安静下来了，他们的行动悄悄地开始了。由珍珠选好一个便于出行的方位，打洞开始了。亮蹄率先拱开地皮，他的力气很猛，一上场就旗开得胜。但是问题还是出现了，正在大家干劲冲天时，他们听到了马达声，是主人开着四轮车回来了，车上还有几个人。于是由珍珠带领，他们一起横七竖八躺在坑里，屏气凝神，想瞒天过海。

一行人下车直奔正房，有人用手电向他们这里照。主人说，不忙，咱们先喝酒打牌，天亮再动手，要几头，任你们挑！珍珠听了这话一哆嗦，他顿时明白他们的大限来临了。主人进屋后，珍珠含泪指挥大家，为节省时间，缩小出口。猪们一起行动起来。天蒙蒙亮时出口打通了，珍珠和亮蹄还有四眼一起把小丽和孩子们送了出去，望着他们潜入森林，然后用他们肥胖的身躯将出口堵牢，不论谁看，这里都像什么也没发生过。

伙食勋章

○刘心武

　　他26岁，大学硕士毕业，是公司白领。那天头回被总裁点名参与一次商务宴请，不慎把鲍鱼汁弄到衬衣口袋处。席间的尴尬不说了。回到家里，唉声叹气。母亲在他进门时，第一眼就发现了他的失落，不免唠叨起来。他脱下衬衣，母亲立即要去给他清洗。父亲举着老花镜把那块污渍看个仔细，没有责备，却不禁呵呵地笑起来，道："忙着洗什么？多挂几天才好！这是'伙食勋章'啊！"他一时没听懂，母亲假装生气，捶了父亲胳膊一下，道："什么年头了，还来那一套！"

　　那件名牌衬衣，是前天他女朋友送他的生日礼物，因此他格外痛心疾首。母亲去清洗，他垂头丧气地坐在沙发上，也顾不得另换件衬衣。父亲说："都怪我！"他抬眼看下父亲，不解何意。父亲解释："是我的遗传。我吃饭打小就急急的，吃相一贯不好。为这个你爷爷没少教训我。不过这算得多大的问题呢？尽量注意就是了，一时忘了自我约束，松了筷子偏了勺子，席上闹出点小笑话，别人对你的评价，扣不了多少分，关键还是你业务上有没有真本事，能不能创造出价值来！"又问："当时你们老总怎么个反应？"他说："似乎是瞪了我一眼。不过后来也就没特别注意我，散席后还拍着我肩膀嘱咐我一定要把英文文件尽快弄妥当。"父亲再问："客方呢？"他说："他们一定看见了，可是却仿佛根本没看见一样。"父亲感叹说："这也是一种文明。以前看过契诃夫一篇小说，记得里面有个细节，

一只浪漫主义的鸟　225

就是宴席上有人不慎打翻了调味瓶，里头汁液流出来脏了桌布，可是有教养的人就仿佛没看见这人的失误，继续低声细语地进行友好的交谈。"父子正聊着，他女朋友来电话了。那天是周末，他们约好一起去看夜场电影的。母亲把衬衣处理完走过来，比他还着急，觉得他应该穿那件生日礼物去才对头，说出实情他女朋友会不高兴，瞒着另穿别的去又恐怕会派生出误会。

女朋友又来电话，改主意了。听同事说那个片子不值得去电影院看，她弄到一张今年奥斯卡新科影后娜塔丽·波特曼主演的《黑天鹅》DVD，要到他这里一起在电脑上看，说是里头有大量芭蕾舞场景赏心悦目，对话简短利于提高英语听力。女朋友来他家，他去女朋友家，近半年已经成了家常便饭。两家家长也都乐意，反正两家住处都还宽敞，孩子们有自己的房间，也都懂事，不至于乱来。女朋友来之前他梳洗一番，换上件衬衣。她到了，望见他，头一句就是："我送你的那件这么快就脏啦？"他母亲还想打马虎眼："天热汗多，天天洗不稀奇啊。"倒是他父亲依然呵呵笑着说："今天挂上'伙食勋章'了啊！""什么勋章？哈！怎么回事儿？"女朋友问他，他也茫然，父亲就把那"典故"讲给他们听。

他父亲是所谓"老三届"里"老初一"的，在"上山下乡"运动里，去了边疆兵团。那时候生活条件十分艰苦，主食勉强能吃饱，菜肴油水奇少。那时候，大家穿衣千篇一律，男青年多半邋遢。偶尔食堂里有荤菜，男青年伸出筷子抢，有的就把荤油汤溅到衣服上。不管溅到什么部位，所形成的污渍都约定俗成地被叫做"伙食勋章"。有次上面来了个检查团，为招待他们，也为显示兵团成就，宰了头肥猪。检查团的成员、团里连里的头头脑脑，单在一处摆酒宴。他本来是个最普通的兵团战士，可是，团领导听他管检查团的副团长叫姑妈，立刻对他另眼相看，把他安排到领导们的席上去吃。虽然一般的兵团战士那天也能吃到大块猪肉，但领导席上的供应无论质量或数量都远超他们。他挨着姑妈坐着，大快朵颐，忙不迭地夹肉，有一筷子就没夹稳，把一块油嘟嘟的五花肉掉在了右胸上，在衣服上浸出好大好圆好明显的一个"伙食勋章"。"那时候真的很得意，好多天都舍不得洗掉，就穿着有'伙食勋章'的衣服在兵团里晃来晃去——那也是我'上头有人'的标志啊！其实，你那个姑奶奶是远房的，跟我们家走动很少，你没出生她就去世了……原来我在宣传队里跑龙套，在《红色娘子军》里只跳个南霸天的团丁，检查团走了以后，团里就让我跳上了男一号洪常青！"他父亲对两个年轻人说，"这就是我们这一代人经历过的一些细枝末节的事情。正是这些细枝末节的事情合起来，构成了真实的历史。"

那晚他和女朋友没看《黑天鹅》，他们听父亲和母亲讲那些岁月里的琐事。他们心里都在说：我们想知道，我们该知道。

假痴不癫

○朱雅娟

唐琬只是陆游天空的一颗星星，而陆游却是唐琬的整个星空。诗人如是说。

世人都觉得，在陆唐爱情故事中，我，赵士程，应该永远是一个配角，孤独地站在舞台的最里面。或者更像是一个道具，推动整个悲情故事走向高潮，最后悄然无声地消失。

大家都知道陆游与唐琬是姑表兄妹，他们不知道我也是陆游的表弟、唐琬的表兄。自小我们表兄妹三人一起玩的时候，琬妹总和陆游兄一起欺负我。我性情孤僻，不善言谈，他们就说我自命皇族贵胄，过于骄傲。看到他们一起笑靥如花，青梅竹马，我只得将自己的小小心事藏起来。琬妹跟陆游成亲时，我借故没有赴宴。我希望那日会有滂沱大雨，但偏偏风和日丽。

我不敢相信琬妹会嫁我为妻。姑母逼陆游兄休妻后，我的心思又随着春天的脚步蠢蠢欲动。终于，在我的坚持下，唐姑父将琬妹嫁给了我。酒宴上，唐姑父泪光闪动，他说，程儿，你是朝廷的大学士，人品相貌不在他人之下。琬儿交给你，我这个老泰山是绝对放心的。

我拉了琬妹的手，坚定地点点头。洞房夜，拥着琬妹，多年的失眠症不治而愈。醒来时，琬妹已经在梳妆。我跑过去拿起眉笔，要给她画眉。琬妹战栗了一下，但还是微微仰起了脸。我的心痛了一下，我猜想陆游兄跟琬妹一起，定也是日日给她画眉。我拿起笔，笑道，琬妹，从今天开始，你的眉毛就交给为夫画好啦。

较之年少时，琬妹的眉毛变淡了许多。琬妹眉毛稀少，必然气血虚亏，体弱多病。想是琬妹与陆游兄劳燕分飞后，情绪低落所致。自此，我每日除了给琬妹画眉外，还找了不少偏方给她涂眉毛。比如拿雄黄末调醋，临睡时涂在眉端，或是将炒过的芜菁子和了醋给她涂。许是我的诚心感动了上天，琬妹的眉毛一日浓过一日。

十年的恩爱消磨了我许多志气，但为了琬妹我愿意做一个自甘平庸的人。这十年间，陆游表兄与我们毫无联系，只是听说他弃文投武，想做一番抗金扶宋的大事业，但总是屡屡碰壁。

为了庆贺我们夫妇成婚十年，我特意带了琬妹到绍兴沈园赏春景。令我没有想到的是，陆游兄竟然也来到了沈园。琬妹与陆游兄四目相对，都是泪光闪动。我以退为进，起身离去，让他们叙叙家常。并不是我真的大度，我只是为了证实一个早已掌握的答案。我坚信陆游也罢，唐琬也罢，他们早就是彼此生命中的过客。好比风过山林，你听到狂风呜咽，你看到树枝摆动，但你的情绪尚未平抚时，风却早已走了，林也归于寂静。

我得到了这个答案。他两人相和的《钗头凤》，字字泣血溅泪，不知让多少旷夫怨女柔肠百结，夜不成寐。可是他们忘了，当痛可以用来形容，尤其可以平平仄仄，这种痛早已没有了重量。

琬妹每次都想和我解释沈园相会这件事，但每次都让我含笑制止了。孔圣人说，发于情，止乎礼。这一对曾经的爱侣除了诗词相和，他们并没有实质性的接触。陆游的悔大于爱，琬妹的恨大于爱，他们爱的只是一些美好的过往与曾经的回忆。但我又如何不妒？只是我的痛用任何词句都表达不出。

也许是琬妹觉察到了这一点，她一日日又变得憔悴。最不该的是那一日，我给琬妹画眉时，画了远山眉。琬妹看了镜子良久，突然掩面而泣。

远山眉，又叫离人眉，想是琬妹误以为我是暗讽她尚在思念陆游表兄，或者她认为我又对她生了倦怠之意。

什么解释都是徒劳，琬妹的眉毛一日较一日地竖立。按照中医说法，已是重症之相。我遍访名医，却没想到琬妹一心求死。终于在一个秋日，琬妹拉着我的手永远地闭上了眼睛。

那日的雨是我整个人生中最大的雨，雨顺着我的眉毛、睫毛往下流。

我忽然想到，琬妹之于我，我之于琬妹，都是彼此的眉毛。也许有人觉得它不重要，但它恰是阻止雨水流入眼睛的最忠实的朋友。因为它，爱情虽然平淡，却幸福。